i

北京外国语大学王佐良外国文学高等研究院
资助出版

约翰·韦伯斯特的文学声誉

王佐良 / 著
高继海 / 译

The Literary Reputation of
John Webster
to 1830

河南大学出版社
HENAN UNIVERSITY PRESS
·郑州·

图书在版编目（CIP）数据

约翰·韦伯斯特的文学声誉 / 王佐良著；高继海译.
郑州：河南大学出版社，2025.2. -- ISBN 978-7-5649-
6262-3

Ⅰ.I561.073

中国国家版本馆 CIP 数据核字第 2025CB9748 号

约翰·韦伯斯特的文学声誉
YUEHAN WEIBOSITE DE WENXUE SHENGYU

责任编辑	卢志宇
责任校对	李　云
装帧设计	李雪艳
出版发行	河南大学出版社
地　　址	郑州市郑东新区商务外环中华大厦 2401 号
邮　　编	450046
电　　话	0371-86059701（营销部）
网　　址	hupress.henu.edu.cn
排　　版	河南大学出版社设计排版部
印　　刷	河南印之星印务有限公司
版　　次	2025 年 2 月第 1 版
印　　次	2025 年 2 月第 1 次印刷
开　　本	710 mm×1010 mm　1/16
印　　张	15.5
字　　数	235 千
定　　价	62.00 元

版权所有·侵权必究
本书如有印装质量问题，请与河南大学出版社营销部联系调换

Contents | 目 录

第一章 十七世纪 ……………………………… 1

第二章 作品的改编 …………………………… 49

第三章 书商、学者、选集编者 ……………… 109

第四章 查尔斯·兰姆 ………………………… 157

结语 …………………………………………… 213

附录 …………………………………………… 219

参考文献 ……………………………………… 225

译后记 ………………………………………… 233

第一章　　十七世纪

第一章 十七世纪

韦伯斯特的同时代人是如何看待他的，无论作为普通人还是剧作家？问题已被提出，但答案尚不确定。坦白说，我们不了解这个人。尽管经过认真的记录搜索和仔细的文献梳理，现有关于韦伯斯特生平的资料仍然充满一系列推测。一些日期被印在页面，但是当它们前标"大约"、后跟问号时，便只会令追求精准之人徒增烦扰。即使是他最新近且无疑是最好的编者，卢卡斯（F. L. Lucas）先生，也只能这样来记录韦伯斯特的生卒："约1580年出生"及"1635年前去世"。① 生而不显，死而不闻。在十七世纪初，有十多个从事不同职业的约翰·韦伯斯特，② 但没有一个能被明确地认定为剧作家韦伯斯特。他做过裁缝吗？他在舞台上挥霍才华之后是否成为大学导师？他是一个脂烛制造商、演员，还是中殿律师公会的成员？试图回答这些问题是徒劳的，因为我们面对的是一堵厚厚的沉默之

---

① 《约翰·韦伯斯特全集》，4卷本（1927年），第1卷，第55和57页。

② 同上，第1卷，第49页注释①。F. P. 威尔逊教授发现了另外一个名叫约翰·韦伯斯特的人。见其著作《伊丽莎白和詹姆斯一世时代》（牛津，1945年），第106页、第140—141页。

墙,几缕传统的微弱低语无法打破这种沉默。①

然而,幸运的是,研究韦伯斯特不必追踪他的个人生平。有充分的证据表明这位剧作家的存在,他为亨斯洛(Henslowe)工作,并在几部出版的剧本上署名。他甚至拥有在编年史中被提名的荣誉。② 韦伯斯特这位剧作家喜欢为他的剧本写些小序言——诸如"献词"和"致读者"——我们可以从中了解他对自己的看法。他向我们透露,他曾被指责写作速度太慢,这个指责与莎士比亚所面对的恰恰相反,但他为自己和所有从容写作的作家辩护时引用了欧里庇得斯的话:"你所言非虚,但区别在于,你的作品只会被阅读三天,而我的作品将会流传三个世纪。"③ 他坚信自己的戏剧一定配得上他为之创作的绅士们,因为他"知道最伟大的恺撒也曾愉快地接受比这更少的诗篇"④,或者"通过这样的诗篇,诗人们亲吻了伟大君王的手"⑤。他深谙"所有的批评法则",但不会遵循它们,因为他所面对的"这类观众"不会期待任何"说教式

---

① 当然,除了吉尔顿的霍尔本圣安德鲁斯教区的书记员的记述之外,这将在后文交代。

② 斯托-豪斯,《年鉴》(1615年),第811页。

③ "致读者",《白魔》(1612年)。

④ "献词",《魔鬼的诉讼》(1623年)。

⑤ "献词",《马尔菲公爵夫人》(1623年)。

悲剧"。^① 他受到了文艺复兴时期文学不朽观念的影响，相信跟有限的生命相比，自己的作品不仅会长盛不衰，而且会令其赞助人名垂青史，"而那些嘲笑缪斯的无知者（就像图书馆里的蛀虫，似乎活着只是为了摧毁学问）将会逐渐萎靡，被忽视、被遗忘"^②。对于愚昧之人，他总是怨气满腹、不胜其烦。毋庸置疑，这些序言的（嘲讽）风格和（批判）语调如出一辙。但当谈到他的剧作家同僚时，韦伯斯特没有感到因嫉妒而产生的刺痛，而是丝毫不吝赞美之词：

> 诽谤是无知的亲朋：就我个人而言，我一直真诚地保留对他人杰出创作的良好评价，尤其是查普曼（Chapman）大师那饱满高雅的文风，琼森（Johnson）大师那深思熟虑的作品，还有贝蒙特（Beamont）大师和弗莱彻（Fletcher）大师那令人赞叹的创作，最后（无疑是压轴出场的）是莎士比亚大师、德克尔（Decker）大师和海伍德（Heywood）大师那琳琅满目的作品，希望我所写之作能借他们的光辉被人阅读。凭借我自己的判断，我宣称，我知道他们是如此值得称赞，即使我在自己的作品中保持沉默，但对于他们的

---

① "致读者"，《白魔》（1612 年）。
② "献词"，《马尔菲公爵夫人》（1623 年）。

> 大多数作品,我敢(毫不奉承地)引用马提亚尔(Matiall)的那句话:"这些纪念碑永远不会倒塌。"①

这其实等同于在说"渴望具备此人的天赋和彼人的视野",但情绪不同。

他的朋友们也没有辜负他的热情。据说德克尔在1612年为《如果这不是一出好戏,那就有鬼了》的献词中间接提到了《白魔》:

> "我祝愿您的下一部新戏能在一个美好而幸运的日子上演,为了创作者,也为了您自己,因为我那杰出的朋友在剧中展现的精美诗意和壮丽凯旋,值得一座由缪斯女神作为观众的剧场。在那美好的一天,我希望剧场观众爆满,人人有见识并且自由发表意见。"②

如果这个暗示还没有完全确立韦伯斯特的重要性,而且如果人们总能引用亨利·菲茨杰弗里(Henry Fitzjeffrey)对"晦涩的韦伯斯特里奥(Websterio)"

---

① "致读者",《白魔》(1612年)。
② 艾莫尔·E. 斯托,《约翰·韦伯斯特》(剑桥,马萨诸塞,1905年),第21页。

的评价来反驳，我们还有爱德华·普德西（Edward Pudsey）的手稿札记书，证明在1616年左右，至少有一个人认为韦伯斯特的诗句值得抄录。① 至于朋友们对韦伯斯特的情感，我们可以在米德尔顿（Middleton）、罗利（Rowley）和福特（Ford）对《马尔菲公爵夫人》的赞美诗句中找到。给一部剧作写几句赞美诗，在那个时代可能是一种文学习俗，但至少米德尔顿的诗句显示出真正的钦佩。另外，我们相信——没有理由不相信——人们对韦伯斯特的《魔鬼的诉讼》也有赞美诗句，只是作为一个骄傲的人，他选择不将它们印刷出来。② 最后，在1635年，托马斯·海伍德在诗人名单中提到了韦伯斯特。海伍德没有完成他最初的计划，即写一部自荷马以来所有诗人的生平，这可谓文学史的一个重大损失。③ 然而，即便如此，《福音天使的等级》中关于"缩减版"提名的段落让我们对海伍德心中认定的值得关注的同时代人有了一些了解。韦伯斯特与弗莱彻被一起提及，而弗莱彻仅次于莎士比亚和琼森，被认为是"幸运三巨头"

---

① 在第81页上有7段《白魔》的引文，在其背面有1段，但没有给出剧作家的名字或剧名。这些段落全都被修改过。

② 在该剧的序言《致明智的读者》中，韦伯斯特说："我没有让许多朋友的无偿赞美诗出现在这首诗的开头，为我所用。"

③ 参见《福音天使的等级》（1635年），第242页。

之一，在整个十七世纪都享有很高的声誉。①

然而，海伍德很快就被超越了。他仅仅称韦伯斯特为"博学群体"中的一员，这个群体尽管卓越，却仅由本土才子组成。1648年，墨丘利·普莱格麦提修斯（Mercurius Pragmaticus），一位身份不明的作家，不满足于此，将韦伯斯特与塞内加（Seneca）、索福克勒斯（Sophocles）和欧里庇得斯（Euripides）并列，这些名字自文艺复兴以来，仅提及就足以让每一位评论家心生敬畏：

> 让这些诗人们：塞内加、
> 索福克勒斯、莎士比亚、琼森
> 回归尘土。
> 欧里庇得斯，连同著名的韦伯斯特、
> 斯蒂克林和戈夫，离开极乐之地。②

索福克勒斯和欧里庇得斯似乎是十七世纪评论风向标上的固定参照，因为他们在1651年谢帕德（S.

---

① 爱德华·菲利普斯，《诗人剧场》（1675年），第108页。这种表达在整个十七世纪都很常见。

② 《致我前作的读者》，《精明的克伦威尔（第二部）：奥利弗的王者荣耀》（1648年），引自 G. E. 本特利，《莎士比亚与琼森：他们在十七世纪的声誉比较》，2卷本（芝加哥，1945年），第2卷，第288页。

第一章 十七世纪

Sheppard）的《神学、哲学和浪漫主义警句集》中再次出现，但只是为了证明他们所有的价值也可以在《白魔》中找到。① 谢帕德的警句集，自从奥尔迪斯（Oldys）首次注意到它以来，已被每位韦伯斯特的编者引用。② 诚然，韦伯斯特并非谢帕德在书中称赞的唯一作家，他还写了关于莎士比亚、琼森以及贝蒙特和弗莱彻的篇章，并将他们与希腊作家相比。③ 援引希腊作家确实是那个时代的常用技巧，不应过于看重。更值得注意的是，谢帕德的警句集标志着可以总称为"韦伯斯特戏剧人物研究"的开始。人们的兴趣范围首次聚焦。（韦伯斯特戏剧中的）人物被列举出来，并被附上简要特征，比如："病态的布拉基亚诺"，"恶魔的宠儿""行为古怪"的弗拉米尼奥，"名妓维托里亚·科罗姆博纳"，"在血泊中挣扎的绝望的洛多维科"，等等。谢帕德还对韦伯斯特的诗歌和散文进行了一些区分："你的诗句是多么生动，它们如镶嵌在金子上的宝石，使你那流畅的散文熠熠生辉。"但他并未沿着这条新的批评思路继续前进。相反，谢帕德讲述了一位

---

① 第27条警句，"关于韦伯斯特先生的最优秀悲剧，名为《白魔》"，第133页。

② 参见奥尔迪斯的注释，由马龙抄录于他收藏的朗贝恩《英国戏剧诗人传》中正对第509页的插页上。现存于牛津大学图书馆。

③ 分别见第150、31、23页。

"在艺术上非常成熟"的朋友曾高度评价韦伯斯特。知道那位朋友是谁会很有趣。然而，由于警句集过于简短，作者又鲜为人知，所以无从考证。这仅仅表明，在十七世纪中期，韦伯斯特仍被铭记，他的作品仍受赞赏。

谢帕德之后紧跟的是约翰·科特格雷夫（John Cotgrave），他的选集《英语智慧与语言宝库：精选自英国最佳戏剧诗作》（以下简称《英语智慧与语言宝库》）于1655年出版。选集本身并不新奇，科特格雷夫延续了札记书《贝尔维德雷》《英国的帕纳萨斯》，甚至《帕拉迪斯·塔米亚》的传统。选集的新颖之处在于所挑选的美文全部来自戏剧。这与托马斯·博德利爵士（Sir Thomas Bodley）的时代大相径庭，当时戏剧、民谣和流行小说都被牛津大学图书馆视为"垃圾文学"而拒之门外。该书在王朝复辟之前出版，当时清教徒对淫秽和亵渎神灵的戏剧的愤怒之火仍未熄灭。纽卡斯尔的一位书商威廉·伦敦（William London）有库存科特格雷夫的《英语智慧与语言宝库》[①]，但他对戏剧文学有这样的看法：

[①] 该书名出现在1657年伦敦销售目录《英格兰最畅销书籍目录》中的Ee4签名页。

第一章 十七世纪

> 对于传奇、戏剧和诗歌,我确实很少花费精力去推动它们的研究,尽管我不阻碍它们的销售;它们的名字不像其他作品那样被推广;它们是最没有实用价值的。前两者可以说是某些恶人的发明。①

科特格雷夫超越了他的时代,我们会在后面继续讨论他,因为我们要等到十八世纪四十年代,才能看到韦伯斯特重返选集。1656 年,韦伯斯特出现在一部嘲讽小说中②,在一场激烈的智斗中与莎士比亚和弗莱彻为伍,但这场争斗没有结论,这本书也不过是个怪异的不经之谈。同时,韦伯斯特的名字通过关于英国诗人,特别是英国戏剧诗人的"生平"简短记载,以一种岌岌可危的方式被保留了下来,最终在杰拉德·朗贝恩(Gerard Langbaine)的作品中达到了顶峰。

不过,当朗贝恩在 1691 年写韦伯斯特时,他前面已有一系列剧本清单和两位开创性的英国诗人生平编年史作者。然而,作为编年史家,无论是爱德华·菲利普斯(Edward Phillips)还是威廉·温斯坦利

---

① 《致最诚实和有才智的读者》,《英格兰最畅销书籍目录》,C2 签名页。

② 《机智与幻想》(1656 年),H3 签名页。

（William Winstanley）都不值得信赖。如果说《诗人剧场》（1675年）因托马斯·沃顿（Thomas Warton）①声称在其中认出了弥尔顿的手迹而有趣，那么《最著名的英国诗人生平：帕纳萨斯的荣誉》（1687年）则作为完美的剽窃案例而有趣。温斯坦利本人的名声也因为奥尔迪斯（William Oldys）的一条笔记而永远恶名昭彰：

> 他常住在伦敦，定居在莱姆豪斯，并在那里当了理发师，后来转为一名作家。他既为活人理发，又为死者剪发，不仅理了人们的头发，也理了人们的头脑；不仅修胡子，也修书籍。通过与他的顾客交流，对书商柯克曼（Kirkman）的一点了解，与一些流浪的城市作家交往，以及阅读富勒博士（Dr. Fuller）的作品和其他著名的历史和未知的小册子，他撰写了140多本书籍和类型各异的文章，正如他在1683年版《历史珍品》的前言中告诉我们的那样。②

---

① 参见沃顿编的《弥尔顿诗集：在不同场合》（1785年），第60页，对第134行的注释；以及沃顿的《英国诗歌史》，W.C.哈兹利特编，4卷本（1871年），第4卷，第316页。

② 由马龙抄录到他收藏的温斯坦利的书中，现存于牛津大学图书馆。

第一章 十七世纪

虽然奥尔迪斯奇怪地忘记提及菲利普斯——温斯坦利这位理发师兼编年史家正是从菲利普斯那里孜孜不倦地偷窃，但这段文字却写得极好，这是在菲利普斯和温斯坦利的作品中难得遇到的意外之喜。他们二人皆非熟悉内情的传记作者："他们没能挖掘到任何隐私。"① 在他们对韦伯斯特的描述中，没有任何逸事趣闻。韦伯斯特本人还未露面，就已存在于"迷雾中"了。我们只能依稀看到几部戏剧的标题和温斯坦利的一句模棱两可、含糊其词的陈述："约翰·韦伯斯特也是在戏剧作家层出不穷的时代为舞台贡献力量的人之一。"② 确实，对于韦伯斯特研究来说，温斯坦利并不比菲利普斯更加可靠，虽然他在一些方面有所改进，③但他的描述基本上都是从《诗人剧场》中抄袭的。因此，我们需要关注一下菲利普斯，毕竟他首先对韦伯斯特进行了单独记录，尽管内容简短。

菲利普斯的记录显然参考了柯克曼的 1661 年戏剧

---

① 沃尔特·雷利爵士，《关于琼森的六篇文章》(牛津，1910 年)，第 105 页。

② 前引书，第 140 页。

③ 例如，他注意到托马斯·怀亚特爵士被菲利普斯遗漏。另见 W. R. 帕克的《温斯坦利的〈生平〉：评价》，《现代语言季刊》，第 6 卷，第 313-318 页。

目录①。他列出了十部由韦伯斯特独立或与罗利或德克尔合作创作的戏剧。然而，菲利普斯在处理合作创作的戏剧时出了问题，正如朗贝恩②所指出的，他将柯

① 此目录不是朗贝恩所主张的1671年的目录。首先，比较一下两个目录中"作者"栏中的空白部分：

	1661年目录单，第11页			1671年目录单，第10页	
德克尔与韦伯斯特	《北方行》	喜剧	德克尔与韦伯斯特	《北方行》	喜剧
	《高贵的陌生人》	喜剧		《高贵的陌生人》	喜剧
	《骗魔鬼的新把戏》			《骗魔鬼的新把戏》	喜剧
本·琼森	《新客栈》	喜剧		《尼禄的生与死》	悲剧
	《尼禄的生与死》	悲剧		《新习惯》	幕间剧
	《新习惯》	幕间剧		《小人物与大人物》	历史剧
	《小人物与大人物》			《美丽的荡妇》	
里奇·布鲁姆	《新学术或新交流》	喜剧	W.劳尔爵士	《高贵的忘恩负义》	悲喜剧
	《美丽的荡妇》				

如果参考的是1671年的目录，菲利普斯在粗心大意下会包括《尼禄的生与死》等剧目，直到《美丽的荡妇》。朗贝恩正确地指出，菲利普斯的错误在于把德克尔和韦伯斯特名下的空白部分视为"同上"。其次，注意两个目录中"魔鬼"一词的拼写。在1671年的目录中，柯克曼始终把这个词拼写为"devil"。但在1661年的目录中，除了第16页的"白魔"（White Devil）一处之外，他在所有情况下都将其拼写为"divel"（《魔鬼的诉讼》和琼森的《魔鬼是个傻瓜》等）。尽管《白魔》中的"devil"与《魔鬼的诉讼》和《骗魔鬼的新把戏》中的"divel"仅有几字之隔，这恰好与菲利普斯短文中的例外相同。参见W.W.格雷格的《小杰拉德·朗贝恩和尼古拉斯·考克斯》，《图书馆》第四辑，第25卷，第一和第二期（1944年），第67页，此文通过堂吉诃德的例子得出了相同结论，即菲利普斯使用了1661年的目录。

② 《英国戏剧新目录》（1688年），A3签名页。

克曼目录中作者栏的空白部分视为"同上"。因此,他将以下戏剧归为韦伯斯特和德克尔的共同创作:《北方行》《高贵的陌生人》《骗魔鬼的新把戏》《西方行》《最弱者倒下》和《女人总是遂心愿》,其中只有第一部和第四部现在被普遍认为是这两位剧作家的合作作品。但菲利普斯的错误并非缘自勤于参考,而是因为疏于调查。柯克曼将《托马斯·怀亚特爵士》正确地归于"德克尔和韦伯斯特"[1],但菲利普斯无论在对韦伯斯特还是对德克尔的记录中都没有提到它。另一个遗漏是,他在对韦伯斯特的记录中也没有提到《色雷斯奇迹》,而《摘掉绿帽》被他列为韦伯斯特与罗利合作的唯一一部作品。难道菲利普斯已经预知到后来学者用了两个半世纪才慢慢得出的结论,即韦伯斯特没有参与创作《色雷斯奇迹》吗?然而,事实并非如此,只要翻到他记录罗利的那一页[2]就可以看出,他将《色雷斯奇迹》和《摘掉绿帽》都列为韦伯斯特与罗利的合作作品。这不是缺乏一致性的问题,而是纯粹的粗心大意。然而,即便如此,菲利普斯造成的困扰还未结束。再次检查他关于韦伯斯特的记录时,我们惊讶地发现,他将合作作者罗利的正确名字"威廉"

---

[1] 分别见1661年和1671年目录的第16页和第15页。

[2] 第193页。

写成了"塞缪尔"。菲利普斯恐无法将这种混乱归因于无知,因为他确确实实知道另一位名叫塞缪尔·罗利(Samuel Rowley)的剧作家,《高贵的西班牙士兵》的作者,并在书中另辟专章介绍了他。① 格雷格(Greg)称菲利普斯对戏剧的错误归属为"荒谬之误","污染了随后的戏剧书目作品,并在大英博物馆的总目录和S. T. C. 中留下了印记"。② 将《最弱者倒下》归于韦伯斯特这一错误影响甚大,直至 1857 年 W.C. 哈兹利特(W. C. Hazlitt)仍然重蹈覆辙。③ 严厉的批评之语对于爱德华·菲利普斯来说并不过分,因为在仅仅 70 余字的记录中,就有 21 处明显的错误。如若是在一部 700 页的巨著中,这些错误也许微不足道、情有可原,但在菲利普斯的简短记录里,它们无疑构成了触目惊心的缺陷。

朗贝恩对这些错误明察秋毫,并且不止一次地对菲利普斯和温斯坦利嗤之以鼻。如果说朗贝恩曾经从菲利普斯那里得到过一丝启发,那么他肯定从早期的戏剧编目者们那里获得了更多。虽然这些编目者刻

---

① 第 168 页。

② 《早期剧目单中的作者归属,1656—1671》,《爱丁堡书目学会学报》(爱丁堡,1946 年),第 2 卷,第 4 部分,第 319 页,注③。

③ 《约翰·韦伯斯特戏剧作品集》,4 卷本(1857 年),第 1 卷,第 xx 页。

板无趣且寂寂无名，但他们正在为朗贝恩的作品奠定基础。尽管仍然贫乏，关于韦伯斯特的信息已经在戏剧目录中不声不响地积累起来。事实上，人们甚至可以通过追踪戏剧目录，发现韦伯斯特声誉渐起的过程，从1656年最早的目录中对他名字的集体沉默，到1688年朗贝恩自己编制的最终目录中，他骄傲地占据了整个章节。

《一个准确而完整的目录》通常被称为"罗杰斯（Rogers）和莱伊（Ley）目录"，附在T. G. 的1656年版《粗心的牧羊人》之后，[①]是最早的戏剧目录，但它是一个敷衍之作。印刷质量糟糕，单词拼写错误，只零星地列出了作者的名字。关于其可靠性，格雷格经过仔细分析得出结论："除了已被证实的内容，此目录所列的作者归属至少有八成可能是错误的。"[②]难怪韦伯斯特的名字根本没有被提及。难怪《吉斯》被归于"马斯顿"（Marston），而格雷格认为"马斯顿"可能是"马洛"（Marlowe）的错印。[③]以下几部韦伯斯特的戏剧被列出：《阿庇乌斯与弗吉尼亚》[④]《魔鬼的诉

[①] 1656年的目录日期很可能是1655年。参见W.W.格雷格的注释，《图书馆》（1947年），第5版，第2卷，第2/3期，第190-191页。

[②] 《早期剧目单中的作者归属》，前引书，第309页。

[③] 同上，第307页。

[④] 然而，这可能是1575年由"R.B."所写的剧作。

讼》《马尔菲公爵夫人》《西方行》和《怀亚特的历史》。但这些戏剧没有归属于任何作者,作者名字一栏都是空白。最重要的遗漏当数《白魔》。在整个目录中既没有这个剧名,也没有其别名《维托里亚·科罗姆博纳》。

爱德华·阿彻(Edward Archer)1656年的目录相较于其前辈有了进步,尤其是从我们的角度来看,因为韦伯斯特的名字出现在六部戏剧之后:《阿庇乌斯与弗吉尼亚》(悲剧)、《魔鬼的诉讼》(喜剧)、《马尔菲公爵夫人》(悲剧)、《吉斯》(喜剧)、《白魔》(喜剧)、和《西方行》(喜剧)。《吉斯》和《白魔》后的"喜剧"可被视为印刷错误而不予采纳,但重要的是《白魔》在罗杰斯和莱伊的目录中被遗漏,而在这里重新出现。阿彻的目录还包括《怀亚特的历史》(历史剧),尽管它被归于德克尔一人。格雷格表示可以给予阿彻五成的可信度[①],这已经明显高于他对罗杰斯和莱伊的评价。但就韦伯斯特而言,阿彻表现尤为出色。这或许与出版商兼书商罗伯特·波拉德(Robert Pollard)有关,他的地址"在针线街本·琼森住宅前面"也在阿彻目录的标题中被作为宣传标语。波拉德与弗朗西斯·柯克曼(Francis Kirkman)合作出版了伪马洛戏

---

① 《早期剧目单中的作者归属》,前引书,第317页。

第一章 十七世纪

剧《欲望的统治》,而柯克曼应该比其他两位书商更了解韦伯斯特的戏剧。

进入十七世纪书商的世界,不可避免地会遇到威廉·伦敦,他在纽卡斯尔开了一家书店。我们曾在与科特格雷夫有关的情况下提到过他。伦敦的显著之处在于,他在1657年出版了一部大型的《英格兰最畅销书籍目录》,共有125页,包括七大部分,以及引言和附录。"传奇、诗歌和戏剧"部分列出了大约110部戏剧,其中我们可以发现《马尔菲公爵夫人》,但找不到韦伯斯特的名字。[1] 伦敦没有提到韦伯斯特的其他戏剧,这并不令人惊讶,因为他主要销售的是神学书籍。然而,他对戏剧和诗歌的看法非常有趣,这在前言《致最诚挚和聪颖的读者》和漫谈《书籍使用介绍》中可以看出。他了解诗歌的高尚功能,但反对它的最新形态,"在对丘比特和维纳斯的赞美中过度腐化;成为某些人欲望之火的风箱"[2]。就本研究的目的而言,伦敦的目录[3]是有价值的,因为它证明了在十七世纪中叶,即韦伯斯特去世约二十年后[4],《马尔菲公爵夫人》

---

[1] Ffl^v 签名页。

[2] C2^v 签名页。

[3] 指上文的《英格兰最畅销书籍目录》。——译者注

[4] 即如果我们接受卢卡斯的假定日期。

· 19

这个剧本仍在纽卡斯尔的一家书店出售。

如果说纽卡斯尔与文化和戏剧中心距离较远，那么在伦敦有另一位书商，弗朗西斯·柯克曼，一直忙于收集、出版和编目"约翰·弗莱彻之前或圣克莱门茨之后"的戏剧。柯克曼因于1661年出版了《摘掉绿帽》和《色雷斯奇迹》而对韦伯斯特声誉的延续起到了重要作用。但这并非完全的福音。这两部戏剧都是作为韦伯斯特和罗利的共同作品被推出的。罗利并非韦伯斯特的糟糕搭档，我们记得他曾为《马尔菲公爵夫人》写了一首赞美诗。然而，柯克曼的归属并没有权威性。《色雷斯奇迹》的归属已经被彻底否定。[①] 那么，我们能对他的目录寄予多大的信任呢？

柯克曼的第一个目录附在1661年印刷的《汤姆·泰勒和他的妻子》重印版之后。该目录按照戏剧标题的字母顺序排列，每页分为两栏，每栏进一步分为三个部分，分别是作者、标题和戏剧性质。总共约有690部戏剧，其中韦伯斯特的名字单独列在《阿庇乌斯与弗吉尼亚》《魔鬼的诉讼》《马尔菲公爵夫人》和《白魔》之前，与罗利一起列在《摘掉绿帽》和《色雷斯奇迹》之前，与"德克尔"（Deckar 或

---

① 卢卡斯，前引书，第4卷，第246页。

Decker）① 一起列在《北方行》《西方行》和《怀亚特的历史》之前。目录中还有《吉斯》，但没有归于任何作者。这就是目录中包含的关于韦伯斯特的所有信息。我们有理由相信爱德华·菲利普斯参考了这个目录，正如前文所指出的，菲利普斯的错误揭示了他在写韦伯斯特的记录时依赖的是1661年的目录，而不是1671年的目录。相反，朗贝恩本人似乎没有注意到1661年的目录，因为他称1671年的目录为"首个有价值的目录"②。对朗贝恩影响很大的安东尼·伍德（Anthony Wood）也同样没有注意到1661年的目录。伍德在为他自己收藏的戏剧目录做注释的许多手稿笔记中，并没有提到柯克曼的早期目录。这些笔记手稿现在保存在牛津大学图书馆。

在许多方面，朗贝恩和伍德都正确地将注意力集中在1671年的目录上。这个目录更完整，柯克曼在其中加入了另外的100部戏剧。柯克曼对此非常自豪，甚至以一种绝对的口吻说："我真的相信没有更多剧目了，因为二十年来我一直在收集它们，并且与那些收集了五十年的人交流并向他们询问过。我敢保证，这

---

① Deckar 是1661年目录第11页上的拼写，其他地方的拼写为 Decker。

② 《英国戏剧新目录》，A3 签名页。

· 21 ·

些都已被印制出来，因为我在十年内见过它们，现在全部在我手中。"事实上，这些话摘录自"告读者"，它读起来非常有趣，因为柯克曼不仅解释了他所编目录的特点，还表达了他对戏剧的看法。这些看法当然远非批评家的观点专业，但它们至少代表了一个普通读者在十七世纪后期对戏剧的作用和价值的看法。柯克曼与现代的"社会学"批评家分享了一个观点，即戏剧是其创作时代的镜子。"事实上，仅仅通过阅读戏剧，你就可以了解它们被创作之际的时代气质。仅通过戏剧，你也可以很好地了解英格兰的编年史以及许多其他历史。"柯克曼有较高的鉴别力和自己的价值标准。"我认为约翰·海伍德（John Heywood）是首位戏剧作家，而托马斯·梅里顿（Thomas Meriton）是最糟糕的，他写了两本自称戏剧的小册子，分别是《爱与战争》和《流浪的恋人》。"最后，尽管阅读并出版了许多老戏剧，柯克曼表现出自己是一个现代人，相信诗歌的桂冠应属于"最杰出的约翰·德莱顿（John Drydon）先生"，这个说法显然没有赢得朗贝恩的首肯。

所有这些表明，尽管柯克曼的目录结果"令人失望"①，但它们不仅仅是简单的销售目录。如果说编者的批评观点不必被认真对待，这些目录至少证明了即使是内战也无法摧毁人们购买和阅读老戏剧印刷本的习惯。佩皮斯（Pepys）就是这样的读者之一，他在1661年阅读的《马尔菲公爵夫人》②可能是从柯克曼或他的某个合伙人——内森尼尔·布鲁克（Nathaniel Brook）、托马斯·约翰逊（Thomas Johnson）和亨利·马什（Henry Marsh）——那里买来的，这些人一度与他共同持有股票。③

但1671年的目录并没有增加我们对韦伯斯特的了解。对照1661年的目录可以看出，归于他的戏剧相同，列出的合作者也相同。尽管《吉斯》的标题后插入了表示悲剧的字母"T"，但它依然没有归属任何作者，在早期目录中这个位置也是空白的。我们记得，罗杰斯和莱伊将这部戏剧归于马斯顿，而阿彻将其归于韦伯斯特，正鉴于此，柯克曼的两个目录中作者姓名的缺失未必反映了编者的懒散，反而可能证明了柯

---

① 格雷格，《早期剧目单中的作者归属》，前引书，第329页："总体而言，虽然柯克曼在查阅印刷版本方面显示出勤勉，并且在呈现所得信息时比他的前辈们更为慎重，但他对获取复辟前戏剧知识的渠道过于自信，其结果只能说是令人失望的。"

② 佩皮斯分别在11月2日和6日两次读了这部剧。参见《日记》，H. B. 惠特利编，10卷本（1893-1899年），第6卷，第48页和53页。

③ 他们的名字列在1661年目录的标题中。

克曼的谨慎和诚实。他一定寻找过印有韦伯斯特名字的该标题戏剧，但徒劳无功。对韦伯斯特的了解仍然很少。因此，尽管我们热切地想抓住任何可能揭示韦伯斯特生活和作品的信息，但柯克曼目录中密密麻麻的文字却让人望而却步。

但是，印制出来的柯克曼的目录显然销量良好，其他出版商很快也纷纷效仿。1675年，威廉·克鲁克（William Crook）在"圣殿外的绿龙酒吧"处印制了一张单页目录。它与柯克曼的目录的不同之处在于，它不是以戏剧目录为主，而是随机编制的综合目录。然而，第6项是"《维托里亚·科罗姆博纳》，或《白魔》。一部悲剧。在皇家剧院上演。由J. W. 撰写。价格为……"。这里指的是1672年由克鲁克出版的《白魔》四开本，它早在1671年11月20日的学期目录中为了迎接圣米迦勒节而被提前宣传。①

与柯克曼走同样路线的是尼古拉斯·考克斯（Nicholas Cox），他于1680年在牛津出版了《至今为止所有喜剧、悲剧、悲喜剧、歌剧、假面剧、田园剧

---

① 《学期目录1668-1709》，爱德华·阿伯尔编，3卷本（1903-1906年），第1卷，第87页。

和幕间剧的准确目录》①，由里奇菲尔德（L. Lichfield）印刷。伍德②和朗贝恩③都指出，圣埃德蒙大厅的管理人考克斯仅仅是遵循了柯克曼1671年的目录，但增加了截至1680年印刷的新戏剧。考克斯和柯克曼一样，受到了朗贝恩的批评，认为他们的目录在作者署名上是"杂乱无章的……尽管匿名剧本可以不列出作者姓名，但这两位仁慈的先生还是为它们找到了'父亲'，将每个剧本都归在前一目录中出现的作者名下，这样便一目了然"④。朗贝恩措辞严厉，但这种随意归属作者的指控在考克斯的韦伯斯特条目中并没有得到证实。与柯克曼的两个目录一样，考克斯在这里也将韦伯斯特的名字列在九部戏剧之前，其中两部与罗利合作，三部与德克尔合作。考克斯并没有像菲利普斯那样，将《高贵的陌生人》或《最弱者倒下》归于韦伯斯特。考克斯不应为《阿庇乌斯与弗吉尼亚》这部

---

① 然而，此书编者可能是朗贝恩本人。在他的《英国戏剧诗人传》中，在"罗伯特·巴伦"一节的第13页，朗贝恩写道："菲利普斯和温斯坦利都没有提供我们作者的其他资料，他们只是从我的前一份1680年印刷的目录中收集到的。"有关详情请参见格雷格的《杰拉德·朗贝恩与尼古拉斯·考克斯》，前引书，第67-70页。

② 参见伍德在他所藏的考克斯的目录标题页背面的手写注释，该书现存于牛津大学图书馆（伍德，第28页）。

③ 《英国戏剧新目录》，A3签名页。

④ 同上。

戏剧的两个条目负责,尽管他在第二个条目的作者名字上印了"B. R."[1]而不是像柯克曼的两个目录中那样的"R. B."[2],这确实有损他的声誉。朗贝恩立刻抓住这个问题,将其作为早期目录中的明显缺陷之一,说道:"《阿庇乌斯与弗吉尼亚》是韦伯斯特写的,但后来被归于T. B.。然而,已故的喜剧演员兼书商卡斯怀特(Carthwright)先生告诉我,这只是旧剧的重印,并由上述的贝特顿(Betterton)先生修订。"[3]但在这里,朗贝恩犯了两个错误。首先,他的"T. B."是对柯克曼两次给出的"R. B."的误认,而考克斯将其倒置为"B. R."。其次,尽管朗贝恩告知我们贝特顿改编了韦伯斯特的《阿庇乌斯与弗吉尼亚》,但他错误地将1575年的《阿庇乌斯与弗吉尼亚》[4]与贝特顿的《罗马处女》混淆。事实上,朗贝恩似乎并不知道早期的那部戏剧的存在。尽管我们理解朗贝恩不是全知全能,但这一次,他对柯克曼和考克斯相当严厉的批评是无

---

[1] 考克斯的目录,第2页。

[2] 柯克曼,1661年,第2页;1671年,第2页。

[3] 前引书,A2^{v}签名页。

[4] 此剧名出现在罗杰斯和莱伊的名单上,但不在阿彻的名单上,后者只列出了韦伯斯特的剧作。1575年的《阿庇乌斯与弗吉尼亚》是W.W.格雷格《英国印刷戏剧书目至复辟时期》第1卷(1939年)第144页的第65个条目。

效的。总的来说,考克斯的重要性仅在于他做出了负面的贡献:他的失误促使恼怒的朗贝恩编写了一部更好的、经过彻底重组的戏剧目录,这部目录随后由考克斯在 1688 年出版。①

但是,即使是出版了新目录,尼古拉斯·考克斯仍未能安抚朗贝恩。考克斯在给新目录命名时犯了另一个错误,朗贝恩后来称其为"异教书名之《摩墨斯②的胜利》"。一向热衷于八卦、勤勉于笔记的伍德详细地记录了这一事件:

"此书(后来的《英国戏剧新目录》)第一版的书名是:《摩墨斯的胜利:喜剧、悲剧目录中英国舞台的抄袭者》——杰拉德·朗贝恩编著——于 1687 年 11 月在伦敦出版。该书的书名与内容均与作者的意愿相悖(如在接下来的启事中所述),且已售出 500 本,于是他立即将新书名及启事印刷在其余的副本前面。"

朗贝恩本人在启事中进行了反击,该启事被添加

---

① 这是标题页上给出的日期,但伍德在他的藏本中此日期下面写道:"于 1687 年 12 月初出版。"

② Momus,古希腊神话中象征嘲弄、谴责、讽刺的拟人化神,同时也是作家和诗人的守护神,热衷谴责和诽谤。在古典艺术中常被刻画为戴着嘲弄面具极为毒舌之人。——译者注

到已更名为《英国戏剧新目录》的新扉页上。他称该目录为"这个我现在羞于承认是我自己所著的混账东西",对自己被称为"乡绅"表示异议,并威胁要给考克斯一顿暴揍,或者是"一个自己的同行从著名的奥德姆(Oldham)那里得到的"那种惩罚。但是如果说启事展现了朗贝恩语言的丰富多彩,那么随后的前言则是更重要的文件,它既是对早期戏剧目录缺点的总结,又是他在本作品中引入的与过去惯例背离的解释,也是一篇关于文学剽窃的论文。在字里行间,人们还能获得许多有用的信息,比如"狡猾的书商,他们惯于新瓶装旧酒,就像剧院常常用来愚弄乡民的把戏:将老戏剧冠以新名字,仿佛它们是新近创作的、从未上演过一样"[①]。朗贝恩有他的偏见,他非常喜欢沙德韦尔(Shadwell),而对德莱顿却不太友好。但在谴责作家时,他不满足于泛泛而谈,而是具体举例说明。"于是我们的桂冠诗人一边在《时尚婚姻》中抨击法国的才子,一边却在《暗夜之爱:伪占星家》中剽窃莫里哀(Molière)。"[②] 德莱顿在一个案例中被进一步定罪:"他如此鄙视老弗莱克诺(Flecknoe),然而,但凡读过弗莱克诺《时髦小姐们》的人都会发现,德

---

① A4 签名页。

② a2 签名页。

莱顿的《优雅的奥雷莉亚夫人》中那些精致的表达方式是从中借来的。"① 无论我们怎么看待朗贝恩的批判风格，他无疑没有白读那些外国作品② 和他所拥有的"九百八十部英国戏剧和假面剧，此外还有滑稽剧和幕间剧"③。

这种充当捕捉文学盗贼猎手的热情赋予了朗贝恩的目录一种早期编纂者从未尝试过的独特原创特色，即对所列戏剧来源添加脚注。当然，此目录还有其他与众不同之处。它是迄今为止所有戏剧目录中最长的，印刷精美，将戏剧名按剧作家的名字分组排列（这样就不会重复爱德华·菲利普斯的错误），在开头有一篇前言，最后有一个按字母顺序排列的戏剧索引——这是另一个重要的新特点。它也是最雄心勃勃的，不再是书商的随意清单，而是一位牛津文学家，也是剧院的常客以及老戏剧的收藏家和阅读者的精心之作。但上述种种也可以由其他人尝试，而朗贝恩对戏剧文学研究的独一无二的贡献在于，在一个简单的戏剧目录中，他认为有必要用他自己的话记录下："每部戏剧的创作基础，无论是历史、编年史、浪漫传奇中的故事

---

① a2ᵛ 签名页。

② 朗贝恩可能也阅读过大陆的戏剧目录。参见J.E.斯平加恩，《十七世纪的批评论文》，3卷本（牛津，1908-1909年），第3卷，第312页。

③ A2 签名页。

还是小说中的片段。"① 毫无疑问，他一开始就下定决心，要追查到他能抓住的每一个剽窃行为。但他也可能是受到了 1671 年《暗夜之爱：伪占星家》前言的启发②，具有讽刺意味的是，这部作品的作者也成为朗贝恩首个抨击对象。无论如何，朗贝恩与德莱顿争夺戏剧情节来源研究第一人的荣誉，即使在莎士比亚的案例中，这类研究也要再过半个世纪才会认真进行。

在这样一位拥有成熟经验和新颖理念的人手中，韦伯斯特的情况如何呢？此目录为他保留了一个不错的小位置，③ 其中列出了他的剧作：《阿庇乌斯与弗吉尼亚》——悲剧，四开本；《魔鬼的诉讼》——悲喜剧，四开本；《马尔菲公爵夫人》——悲剧，四开本；《白魔》——悲剧，四开本；《色雷斯奇迹》——英雄剧，四开；以及《摘掉绿帽》——喜剧，四开本。一个脚注解释说，最后两部是韦伯斯特和罗利的合作作品。读者还可以通过韦伯斯特名字旁的"v. 德克尔"的标记，进一步查阅德克尔的部分④，其中在三部剧中韦伯斯特被列为德克尔的合作者，即《北方行》《西方

---

① A4 签名页。
② 由朗贝恩在他的序言中提及，a2 签名页。
③ E1 签名页，第 25 页。
④ B3 签名页，第 5 页。

行》和《怀亚特的历史》。韦伯斯特的遗失剧作《吉斯》既未列出，也未在索引中登记。很可能朗贝恩和之前的柯克曼一样，未能追踪到这部剧作。然而，当我们来看朗贝恩对韦伯斯特作品来源的注释时，难免会有些失望。因为他只记录了《阿庇乌斯与弗吉尼亚》的情节来源于李维（Livy）的《历史》，以及《魔鬼的诉讼》的部分情节来源于《申奇的观察》，而对韦伯斯特的两部主要剧作却只字未提。缺少时间也好，缺乏兴趣也罢，必须承认的是，《白魔》和《马尔菲公爵夫人》都不足以引起朗贝恩的注意。

撇开韦伯斯特不谈，《英国戏剧新目录》还有一大缺点，那就是它虽然提到了印刷版本的模式——是对开本还是四开本，但并未给出其出版日期。诚然，朗贝恩确实想到了那些与其他作品合订在一起的剧本的日期，① 但人们不禁感到困惑，他为何没有把这个想法推进一步，给出目录中所有剧本的日期。伍德早在评论尼古拉斯·考克斯的目录时，就提出了这个建议：

---

① 在A3^{V}签名页，"……当某部戏剧并非单独印刷时，读者将被一个字母或数字引导到栏目的底部，在那里他们将发现关于如何找到这部戏剧的说明。也就是说，他们将知道这部戏剧是与哪些诗歌或其他戏剧一起印制的、出版年份、出版地点，以及每本书的最佳版本"。

（柯克曼）

（考克斯）牛津的几位学者都读过你们的戏剧目录（一本附在《尼科米德》的末尾，另一本就是这个独立版本），他们都很喜欢，但如果能标注这些剧本的印刷年份，他们会更喜欢。因为这样他们就能知道作者们的生活年代，以及这些剧本最初上演的日期。因为没有时间，他们无法对这些事情做出准确的判断。但他们希望将来不会遗漏这些事情……①

作为伍德的朋友，朗贝恩肯定被这位前辈学者求真务实的精神所影响，甚至被其打动。回顾他在《英国戏剧新目录》中所做的工作，他意识到另一个缺陷：他没有准确转录戏剧的标题页。② 随着时间的推移，这种意识对他来说一定是一个沉重的负担，因为牛津大学的古物研究已经开始了，乔治·希克斯（George Hickes）、埃德蒙·吉布森（Edmund Gibson）和其他一些人也在抄录、阅读、编辑大量古代作品，他们对每一部作品都进行细致、精确的研究，这是前所未有的。与他们的严肃认真、一丝不苟相比，菲利普斯和

---

① 在他那本考克斯的书的标题页背面。

② 如他在《传记》（指后文的《英国戏剧诗人传》）等书的序言中指出的，$a5^v$ 签名页。

温斯坦利的错误更明显了。朗贝恩在翻阅他们的作品时，一定会暗自思忖，如果他也能把更多的精力从描写赛马转向研究戏剧，他就能轻易地超越他们。最后，他必须进一步揭露德莱顿的剽窃行为，在此期间，德莱顿可能已经对他的剽窃指控做出了回应。① 然而，要做到这一切，甚至更多的事情，单靠再写一本目录是远远不够的。他脑海中萌生了编写一本更大、更全面、更具学术性的书的想法。三年后，即1691年，这本酝酿已久的书在伦敦问世。

《英国戏剧诗人传》是英国诗歌编年史家和戏剧编目者共同努力的巅峰作品。这部作品的影响深远，至少一个世纪以来②，它都是所有戏剧诗人传记和戏剧词典的重要参考"范本"。《英国戏剧诗人传》中对那些不太知名的戏剧家的记述为之后的历史学家和编辑们

---

① 当朗贝恩说（a6ᵛ签名页）："列举了每一次抄袭的详细情况，以消除某位诗人的反对意见，他声称没有盗用我当时指控他（盗用）的内容。"这很可能是在暗指德莱顿。但德莱顿对剽窃指控的书面回应早在《暗夜之爱：伪占星家》（1671年）的序言中就出现了。参见《约翰·德莱顿散文》，W. P. 克尔编，2卷本（牛津，1900年），第1卷，第144页及后续页。

② 奥尔迪斯、珀西、斯蒂文斯、马龙都珍藏着他们注释丰富的朗贝恩的著作。约瑟夫·哈塞尔伍德直到十九世纪初还在他的藏本中抄录注释。参见A.沃特金-琼斯，《朗贝恩的〈英国戏剧诗人传〉（1691年）》，载于《论文与研究》，第21卷（1935年），1936年出版，第75–85页。

提供了坚实的研究基础，后来的学者充其量只能在此基础上添枝加叶，做一些主观推测和文体修饰。朗贝恩不仅在事实上准确无误，而且他直率坦诚的态度[①]使得他的事实陈述更为可靠。550页紧密排版的八开本中包含了大量的信息，令人惊讶的是，除了莎士比亚和琼森等被广泛研究的著名剧作家外，几乎没有需要修改的地方。对于某些失传的戏剧，我们的知识完全依赖于朗贝恩对它们标题页的转录和对序言的引用。他并不总是能够给出戏剧的第一版[②]，或者首演的时间，这在很大程度上归因于他那个时代的文献学尚未充分发展。他所犯的错误，他的同时代人同样不可避免。

直到戴斯（Alexander Dyce）和哈兹利特的时代，朗贝恩对韦伯斯特的记述一直都是准确的，除了吉尔登（Gildon）添加的一个未经证实的说法外。就连有现代学术成果支撑的卢卡斯，也只能在朗贝恩的基础上补充一些细节，主要是韦伯斯特的散文作品以及他与奥弗伯里团体作家（Overbury group）之间可能存在的联系。韦伯斯特戏剧的最重要信息在很大程度上仍然要归功于朗贝恩。事实上，他的描述比最新近的

---

① 在他关于《托马斯·怀亚特爵士》的条目（第125页）中，他承认他不知道罗利的生平（第428页），以及他的《无神论者的悲剧》藏本的状况（第505页）中可以看出这一点。

② 这一批评首先由珀西在他的朗贝恩著作藏本的笔记手稿中提出。

描述都要详尽：

约翰·韦伯斯特

约翰·韦伯斯特是一位生活在詹姆斯一世统治时期的作家，当时被认为是一位杰出的诗人。他与德克尔、马斯顿及罗利合作编写了多部戏剧；同时，他还独自创作了一些即便在我们这个时代也广受赞誉的作品，例如《阿庇乌斯与弗吉尼亚》《马尔菲公爵夫人》和《维托里亚·科罗姆博纳》。我将依次对这些作品进行评述。

《阿庇乌斯与弗吉尼亚》是一部悲剧，根据我的藏本来看，它是1659年在伦敦印刷的四开本。我猜测可能存在比这个更早的版本，但这是曾在公爵剧院上演的一版，并且由贝特顿先生（据我所闻，是卡斯怀特先生）修改过。至于剧情梗概，可以参考李维和弗洛鲁斯（Florus）等人的著作。

《魔鬼的诉讼：当女性诉诸法律，魔鬼便应接不暇》是一部悲喜剧，由国王仆役剧团出色演绎并获得认可。该作品以四开本印刷，于1623年在伦敦出版，并题献给托马斯·芬奇爵士（Sir Thomas Finch）。剧中罗梅利奥出于恶意刺伤康塔里诺却意外促成后者获救的情节，可以在斯肯尼乌斯（Skenkius）的观察记录中找到（若我没有记错的话)。至少我可以肯定,类似的事情也曾发生在费瑞乌斯·杰森身上,详情可见昆图斯·瓦勒里乌斯·马克西穆斯(Q. Val. Maximus)的著作,第一卷第8章。相似的故事也在贡拉尔特(Goularts)的《惊异故事集》第一卷第178页有所记载。

《马尔菲公爵夫人》是一部悲剧,最初在黑修士剧院私下演出,随后在环球剧院由国王仆役剧团公开呈现,并且我曾目睹它在约克公爵剧院的舞台上再次上演。该剧于1623年以四开本形式在伦敦出版,并题献给尊贵的乔治·伯克利勋爵。之后,它于1678年在伦敦重印。关于剧情,可参考班德利奥(Bandello)的法语小说,由贝勒福雷斯特(Belle-forest)编译的第19篇,或者查阅比尔德(Beard)的《上帝审判剧场》第二卷第24章。类似的故事在贡拉尔特(Goulart)的《惊异故事集》第226页中也有叙述。

《白魔》或《布拉基亚诺公爵保罗·乔尔达诺·奥西尼的悲剧》,又名《维托里亚·科罗姆博纳,威尼斯名妓的生与死》,由王后仆役剧团在德鲁里巷的凤凰剧院演出;1612年以四开本形式在伦敦出版;后来又在皇家剧院上演,并于1665年重印。

除上述剧作外,我们的作者还与罗利先生合

作了另外两部戏剧；由于罗利先生在这些作品的创作中贡献较少，我将它们归于我们作者名下。

《摘掉绿帽》是一部喜剧，多次上演并广受好评；1661年以四开本形式在伦敦出版。

《色雷斯奇迹》是一部多次成功上演并赢得热烈掌声的历史喜剧；于1661年以四开本形式在伦敦出版。

菲利普斯先生犯了一个严重的错误，他将多部剧本归于我们的作者和他的合作者德克尔先生名下；其中一部属于另一位署名的作家，其余作品的作者均不可考证。例如，《高贵的陌生人》是由路易斯·夏普（Lewis Sharpe）所著，而《骗魔鬼的新把戏》《最弱者倒下》和《女人总是遂心愿》的作者则不详。

根据最新的研究，我们能发现的该记述中的所有不足之处仅仅在于，他本应将《色雷斯奇迹》纳入韦伯斯特的独著书目，以及他未提及《白魔》情节的来源。还有些遗漏，比如《白魔》1631年和1672年的四开本，《马尔菲公爵夫人》1640年的四开本，以及《阿庇乌斯与弗吉尼亚》初版的日期应为1654年而非之前所述。但我们不能就这些遗漏责怪朗贝恩，因为他并未声称记录了所有剧作的所有版本。无论如何，就他的目的而言，初版才是关键，而在这一点上，朗贝恩无可挑剔。就算他在《阿庇乌斯与弗吉尼亚》初版的问题上犯了错误，他也明确表示了"根据我的藏本"。因此，这最多也只能算是一处微小的疏忽。同样，我们也不能责备朗贝恩将《色雷斯奇迹》纳入合著书目，即使在最新版的韦伯斯特作品中，卢卡斯依然认为讨论该剧的作者归属有其合理性。[①] 实际上，朗贝恩已经意识到要在柯克曼归为韦伯斯特与罗利合作的两部剧中区分两人各自的贡献，这正是值得称赞的。如此一来，真正的缺陷仅剩一个，即他未能找到《白魔》的来源。

早前，在讨论朗贝恩1688年的目录时，我们略感失望地注意到，尽管他提到了许多其他戏剧的来源，却对韦伯斯特两大杰作的来源保持沉默。现在，在这部历史记述中，他详尽而准确地提供了《马尔菲公爵夫人》的来源，以此部分弥补了先前的缺憾，这些细节注定会被未来所有评论者反复引用。但在寻找《白魔》更早文献的过程中，他的努力似乎并未奏效。然而，在追寻可能激发韦伯斯特创作这位意大利美女生动形象的欧陆原型时，又有谁真正成功了呢？事实上，韦伯斯特研究中令人费解的一点正是，他的编者和评论家们未能找到那本书——那本韦伯斯特在

---

① 前引书，第4卷，第246至247页。

创作维托里亚·科罗姆博纳的故事时可能摆在面前的书。马龙对此保持沉默。从1764年到1812年的三版《戏剧传记大辞典》，其编者们对《白魔》的故事源自何处均未置一词，尽管对于《马尔菲公爵夫人》这部剧，他们能在朗贝恩提到的作者中加上洛佩·德·维加（Lope de Vega）的名字。①戴斯在1830年的版本中也没有讨论《白魔》的来源，不过当该版本在1857年重印时，他加入了一个附录，依据是他所能获取的约旦·德·盖特威克（Jourdain de Gatwick）通信的信息。正是得益于这位通信者，W. C.哈兹利特才能够在其1857年的版本中对该剧（《白魔》）做一简短介绍，其中勉强提到了卡西米尔·坦皮埃蒂（Casimir Tempesti）。②即使到了1904年，桑普森（Sampson）在其著作中也不得不承认："关于韦伯斯特是否采纳了书面或印刷的文件作为《白魔》情节的材料，这仍是一个悬而未决的问题；即使他真的采用了，这些文件被发掘的可能性也微乎其微。"③而1905年斯托

---

① 西奥博尔德首次在《致命的秘密》(1735年)的序言中提到了洛佩·德·维加对这一故事的改编版本。

② 《约翰·韦伯斯特戏剧作品集》，4卷本（1857年），第2卷，第4页。

③ 马丁·W.桑普森编，《〈白魔〉与〈马尔菲公爵夫人〉》(波士顿，1904年)，第xxx页。

尔（Stoll）的运气也没有好到哪里去，尽管他比之前的任何人都更接近成功。① 时至1910年，C. W. 沃恩（Vaughan）在深入调查后，只得出了一个模糊的结论："这部杰出悲剧的确切起源仍旧被笼罩在迷雾之中。"② 六年后，韦伯斯特最敏锐的评论家之一鲁伯特·布鲁克（Rupert Brooke）无可奈何地承认："尽管人们投入了大量时间与精力探寻《白魔》的确切来源，但至今仍是徒劳。"③ 最终，卢卡斯，这位韦伯斯特研究的集大成者，尽管他对历史事件的描绘精彩纷呈，却依旧无法揭示韦伯斯特这部戏剧的情节源自何处。④ 简而言之，历经两个半世纪的卓越的学术努力，卢卡斯依然未能揭开朗贝恩刻意留白的秘密。诚然，朗贝恩不可能将全部精力倾注于韦伯斯特一人。尽管如此，我们还是有理由推测，他曾探寻过《白魔》的根源，但一无所获，或发现的内容与韦伯斯特的故事相去甚远，因而选择放弃，留下这个空白。毕竟，他不可能执着于一部戏剧那虚无缥缈的幽灵祖先，因为

---

① 前引书，第84页。
② 《图尼尔与韦伯斯特》，《剑桥英国文学史》，第6卷，第173页。
③ 《约翰·韦伯斯特与伊丽莎白时代的戏剧》，1916年，第236页。
④ 前引书，第1卷，第70页。冈纳·博克兰，在《"白魔"起源》一书中，考察了所有现存的印刷版本和手稿资料，但未能证明韦伯斯特实际上利用了哪些资料。

无论多出色，它也只是他必须研究的众多戏剧之一。

然而，这仅仅是一个猜测性的解释。更直观的则是朗贝恩对韦伯斯特的评价。朗贝恩对韦伯斯特的描述相当含糊其词。的确，他总是对人的缺点说得清清楚楚，对人的优点说得模模糊糊。① 他仅用"一位生活在詹姆斯一世统治时期的作者，当时被认为是一位杰出的诗人"这样的表述来"评价"韦伯斯特，再无其他赘言。然而，他在描述其他剧作家时，不经意间透露了对韦伯斯特的看法。显然，韦伯斯特并未跻身于他心目中的一流作家之列，因为朗贝恩将"那些文坛名流以及我们本国的后起之秀，如莎士比亚、弗莱彻、琼森、考利（Cowley）等人"②列为一流作家。但在评价德克尔时，他说："他和韦伯斯特合作写了三部戏剧；与罗利和福特合作写了另一部：我认为这些戏剧远远超出了他自己创作的剧本，就像编织的绳子在强度上超过了单根线。"③ 对于罗利的评价，朗贝恩更是直接："他不仅受到莎士比亚、弗莱彻和琼森

---

① 一位同时期的批评家严厉地指责了朗贝恩作品中的模糊性。在 1692 年 6 月 23 日出版的 *The Moderator* 杂志第 3 期中，有一篇针对朗贝恩著作的评论文章。文章作者引用了诸如"所有热爱诗歌的人将永远怀念他们""他们的作品将被后世所铭记"等语句作为例证，然后总结道："朗贝恩笔下的人物全都是诗歌爱好者和缪斯女神的崇拜者！"

② a4 签名页。

③ 第 121 页。

等伟大人物的喜爱；……除了他与二流诗人如海伍德、米德尔顿、戴（Day）和韦伯斯特合作创作的作品外……"① 这里的"二等""第二梯队"或"二流"并非朗贝恩随意拈来的词语，相反，他对它们的使用非常节俭，甚至吝啬，仅在评价那些虽不及莎士比亚等伟大作家，但仍有显著成就的人时，他才谨慎地使用这些表达。例如，米德尔顿"曾被认为与两位伟人（即琼森和弗莱彻，朗贝恩说他们曾与米德尔顿合作《寡妇》一剧）结成三巨头，是一位非凡的诗人"②，然而他的戏剧作品"却表明他是一位二流的戏剧诗人"③。为了更生动地举例说明"二流"诗人的概念，我们可以参考朗贝恩对托马斯·海伍德的描述。这一描述以如下方式开篇："托马斯·海伍德，一位活跃在伊丽莎白女王时代和詹姆斯一世时期的作家，尽管他的主要身份是演员，这一点从柯克曼的证词以及他亲自撰写的《演员的辩护》一剧中便可见一斑，但他的戏剧作品在当时仍被归类为二流之作。"④ 在仔细审视这些说法，并对比韦伯斯特作品数量的相对稀少与米

---

① 第428页。
② 第370页。
③ 第371页。
④ 第256页。

德尔顿和海伍德作品的丰富性之后,我们不难得出结论:朗贝恩将韦伯斯特誉为优秀的二流诗人,这实际上是对他的极高赞誉。

詹姆斯·赖特(James Wright)同样对韦伯斯特赞誉有加,他的两部作品为我们提供了有趣的见解。在1694年的《乡村对话》中,赖特巧妙地描绘了一位乡村绅士在其庄园上悠然自得的生活画卷。他从繁华的城市中带来朋友,以确保即使在乡村的宁静之中,也能尽享伦敦生活的一大魅力——智者的交谈。他们的话题涵盖了葡萄酒的品鉴、绘画的艺术、新老戏剧的对比、诗人与诗歌的关系、模仿与翻译的技巧,以及如何精心打造自己的花园。当时,废墟景观已成为一种时尚,邻近的乡绅尤金尼厄斯(Eugenius)更是认为在他的领地保留一座摇摇欲坠的老房子是恰到好处的,因为它为领地增添了一抹迷人的风景。当大家被带去参观时,朱利奥(Julio)不禁对上一时代的戏剧诗人大加赞赏。他特别引用了《马尔菲公爵夫人》中安东尼奥(Antonio)在"古代废墟"上的经典独白,这段独白后来成为十八世纪选集编纂者的首选之作。这段引文并不是匿名的,赖特在书中不仅标注了作者和剧名,甚至对台词的角色也做了详细的说明。值得注意的是,除了翻译的段落之外,这是书中唯一一处引文。① 赖特一定对这部戏剧记忆深刻,因为他在1699年的《舞台史》中再次提及该剧,并誉其为众多剧作中"演员名字与角色一一对应"的开山之作。赖特不仅阅读老戏剧并为之辩护,他对伊丽莎白与詹姆斯一世时期的剧作也了如指掌。他与理查德·弗莱克诺(Richard Flecknoe)并列为研究舞台历史的第一批先驱者,这一领域还吸引了珀西(Percy)、马龙、弗莱(Fleay)、钱伯斯(Chambers)和本特利(Bentley)等学者。弗莱克诺的《英格兰舞台杂谈》② 出版于1664年,是一篇引人瞩目的文学批评作品,但就学术价值而言,它无法与《舞台史》相提并论。《舞台史》一直都是关于早期舞台的重要著作之一,是求证内战期间演员的相关事实的唯一的权威来源。该书以亲密的对话形式和温暖的人文风格写成,但这并未削弱其优点,相反,这赋予了该书一种难以被其他戏剧历史著作轻易超越的持久魅力。赖特提及韦伯斯特的剧作并非为了炫耀文采。《马尔菲公爵夫人》早期版本中的演员表是一份重要文献,至今仍有助于我们确定演员和戏剧的年代,并增进我们对戏剧公司构成的了解。

---

① 在查尔斯·惠伯利(Charles Whibley)1927年编写的现代重印版中,第55页。

② 附在弗莱克诺的戏剧《爱的王国》(1664年)之后。

然而，赖特是一位守旧的绅士，正如他塑造的特鲁曼（Trueman）一样，他曾如此自评："我们几乎已经销声匿迹，被人遗忘。"新的时代精神在像查尔斯·吉尔登（Charles Gildon）这样的人身上找到了拥趸。吉尔登的《英国戏剧诗人的生平与性格》（1698年）是朗贝恩1691年作品的修订版，其中众多章节都经过了重新撰写。吉尔登的观点趋于现代，他在德莱顿的问题上与朗贝恩产生了分歧：

> 朗贝恩先生似乎总是在发泄个人不满……他常常称颂谢利（Shirley）、海伍德等人，却几乎不承认德莱顿先生是位诗人；然而，谢利和海伍德的作品与德莱顿先生的作品相比，简直相形见绌；德莱顿先生的《一切为了爱》，若非疏于教益，它本可成为一部令古今诗人都难以望其项背的杰作；而在谢利先生和海伍德先生的所有作品中，也未能找出一部符合戏剧真正典范和构思的佳作。①

吉尔登声称自己已经删除了冗余的内容，并目睹了"阿什先生令人钦佩的英国戏剧收藏……这是朗贝

---

① 引自前言，A5ᵛ 签名页。

恩从未见过的"①。这种优势其实不过是时间累积的自然结果。例如，他能够谈论约瑟夫·哈里斯（Joseph Harris）1696年的《城市新娘》，这部作品改编自韦伯斯特的《摘掉绿帽》，而朗贝恩在1692年便去世了，自然无法知晓此事。② 吉尔登在描述韦伯斯特时，几乎原封不动地沿用了朗贝恩的内容，但加入了一个值得注意的声明："这位作者是霍尔本圣安德鲁斯教区的书记员。"③ 这一声明促使卢卡斯之前的至少两位学者前往圣安德鲁斯查阅相关记录，但一无所获，因为1815年提及此事的查尔斯·温特沃思·迪尔克（Charles Wentworth Dilke）④ 和1830年编纂出版韦伯斯特作品的戴斯⑤ 都未能找到任何能够证实或反驳吉尔登这一说法的证据。此后的研究者同样没有取得更好的进展。威廉·查尔斯·哈兹利特在1857年探讨这个问题时⑥，只能依赖一种"间接"的否定证据——这根本不能算作证据——即韦伯斯特"在1629年已经停

---

① A6签名页。
② 第67页。
③ 第146页。
④ 《古英语戏剧》，6卷本（1814—1815年），第5卷，第351页。
⑤ 《约翰·韦伯斯特作品集》，4卷本（1830年），第1卷，第i页。
⑥ 《约翰·韦伯斯特戏剧作品集》，4卷本（1857年），第1卷，第vi页。

止或尚未开始担任该教区的书记员，因为在1629年6月15日的条目中有这样的记载：'兹同意，该教区的书记员史密斯先生将获得一份租约。'"卢卡斯直言不讳地指出："记录既没有证实也没有反驳吉尔登的这一说法。"① 尽管吉尔登关于圣安德鲁斯教区的传闻尚未得到证实，但在普遍缺乏韦伯斯特生平信息的情况下，它仍被十八世纪的戏剧诗人词典编纂者视为一个可供参考的线索。

也许，用赖特的引文和吉尔登的"生平"来作为十七世纪韦伯斯特研究的结语十分恰当。他们虽无意为之，却成为后世选集和词典编纂者的先驱。然而，他们与过去的联系，正是通过朗贝恩这座桥梁实现的。吉尔登对朗贝恩的借鉴显而易见，而赖特则似乎与这位牛津古董收藏家无直接往来。② 但是赖特和朗贝恩都热爱古老戏剧，这种热爱对吉尔登这样的现代人而言，无疑是既反常又难以理解的。即使在引用老剧台词的鉴赏力上，朗贝恩也可谓是赖特的楷模。朗贝恩在《英国戏剧诗人传》中大量引用伊丽莎白时代剧作

---

① 前引书，第52页，注①。

② 不过，朗贝恩的朋友安东尼·伍德认识赖特，并在1690年致信于他。详见安德鲁·克拉克编《伍德的生活与时代》，6卷本（牛津，1891-1900年），第3卷，第350页。

家的长篇台词，此举甚至遭到吉尔登的批评。[①] 最后，朗贝恩和赖特都对韦伯斯特很友善，尽管赖特可能更为友善。但赖特的《乡村对话》虽有其魅力，却并非一部系统的编年史，而是学者辛勤耕耘的结晶，因而被其他学者孜孜不倦地研读，如同朗贝恩的《英国戏剧诗人传》一样。韦伯斯特在十七世纪并未享有盛名，但他当时的名声更多归功于朗贝恩那坚定不移的赞誉之声，而非赖特的温柔推荐或吉尔登的傲慢断言。

[①] 吉尔登，前引书，A5ᵛ签名页，"朗贝恩先生在诸多传记中，为拉长篇幅，插入了一些冗长而无意义的诗句引言等"。

第二章　作品的改编

第二章 作品的改编

然而，在十七世纪和十八世纪，韦伯斯特的戏剧作品也出现了改编版本。

最初对韦伯斯特的作品进行改编的是新古典主义作家，他们对莎士比亚吹毛求疵，却对韦伯斯特青睐有加，这简直令人难以置信。改编自韦伯斯特剧本的作品不下五部，按时间顺序排列如下：1696 年的《城市新娘》是约瑟夫·哈里斯对《摘掉绿帽》的改编；1707 年的《受伤的爱情》由桂冠诗人纳胡姆·泰特（Nahum Tate）创作，改编自《白魔》；1735 年的《致命的秘密》由刘易斯·西奥博尔德（Lewis Theobald）创作，他声称这是《马尔菲公爵夫人》的润色版[①]。对韦伯斯特作品改编的记述应止于此，因为十九世纪的两次改编略显敷衍，分量不足。1851 年出版的"塔利斯表演剧"丛书中的《马尔菲公爵夫人》是一部混乱不堪的作品，其特点仅仅是舞台指导丰富。1885 年，牛津丹尼尔出版社私自印刷的《爱的毕业生》一书实现了最初由埃德蒙·高斯爵士（Sir Edmund Gosse）

---

① 见他的剧本序言："假设我无偿借用了他的作品，那么我是以公平公开的信用借用的。我希望，我已经连本带利地偿还了。"

在1874年提出的想法①，即应该将《摘掉绿帽》中韦伯斯特创作的部分从罗利撰写的（康帕斯和他那古怪妻子的）糟糕故事中拯救出来。根据这一想法，斯普林·里斯（S. E. Spring-Rice）成功地将莱辛厄姆与邦维尔的故事改编成独立的剧本。除了几处文字上的改动外，该剧基本保留了韦伯斯特作品的原貌，但它也表现出一种业余的、浮华的戏剧观。在这里，我们不仅错过了康帕斯的朴实和幽默，也失去了更为关键的东西，即詹姆斯一世时期的双情节模式。韦伯斯特在写作时考虑到了罗利，如果没有罗利，他可能会以不同的方式写作，以适应不同的目的。将副线情节从戏剧中单独提取出来的想法可能会产生很好的阅读效果，但对于大多数伊丽莎白时代和詹姆斯一世时期的戏剧来说，这种做法是非常危险的。

因此，高斯只是沿袭了兰姆（Charles Lamb）将剧本视为书籍的做法，然而这一做法却并不为哈里斯、泰特和西奥博尔德等人所知。约瑟夫·哈里斯是德鲁里巷国王仆役剧团的四位演员之一，唐斯（John Downes）称他们是在"大师演员"的指导下"从小培养起来的"。② 泰特曾明确表示，《受伤的爱情》"计划

---

① 高斯，该剧序言以及《十七世纪研究》(1883年、1913年)，第49页和75-76页。

② 约翰·唐斯，《英国圣公会主教》(1708年)，第2页。

在皇家剧院上演",尽管目前没有任何关于该剧上演过的记录。① 西奥博尔德也是一位小有名气的剧作家,尽管教皇的支持者似乎只知道他每周都要抨击可怜的莎士比亚。《致命的秘密》于1733年在科文特花园皇家剧院上演。② 因此,与兰姆和高斯不同,这三位男士以戏剧从业者的身份接触了韦伯斯特的戏剧。在改编韦伯斯特的剧作时,他们热衷于创作适合舞台演出的版本。这种差异解释了为什么十八世纪的改编者总是喜欢在落幕之前从炼狱召回死者。马尔菲公爵夫人并没有死,就像李尔王活着看到科迪莉娅嫁给埃德加一样。大团圆的结局并不一定能带来更好的戏剧效果,但一定更能取悦观众。③

不过,在讨论各个改编作品之前,或许我们首先应该解决一个问题:韦伯斯特的哪些戏剧作品没有

---

① 尼科尔(《十八世纪戏剧,1700-1750》[剑桥,1925年],第358页)仅仅是复制了标题页。

② 西奥博尔德,序言,A4^{V}签名页,"他们善意地表示愿意静下心来阅读那些在两年前的演出中给他们带来愉悦的东西"。尼科,前引书,第359页。

③ 就1681年版的《李尔王》而言,泰特在献词中写道:"……直到我发现我的观众很喜欢它……"他还引用了德莱顿为《西班牙修士》所写的序言。"要让悲剧有一个圆满的结局,也不是一件容易的事,因为拯救比杀死更难:匕首和毒酒随时准备就绪,但要将行动推向最后的极致,然后再用可能的方法挽回一切,这就需要艺术和作家的判断力,并使演员在表演中遭受更多痛苦。"

被破坏他名声的改编者触及过？首先就是《魔鬼的诉讼》，该剧似乎还没有改编版本。在版本问题上，该剧也占据着独特的地位。除了韦伯斯特全集的现代版外，《魔鬼的诉讼》自1623年首版之后从未再版。该剧曾"由女王仆役团出色地表演过"，但之后没有更多演出的记录。无论如何，该剧的支持者和反对者都忽视了它。然后是《阿庇乌斯与弗吉尼亚》。据说，1670年左右，贝特顿为了在林肯茵河广场演出而对其进行了改编，[①]但马龙错误地将1679年重印的1654年版称为贝特顿改编版。[②]他被新的扉页误导了，扉页上写着：《阿庇乌斯与弗吉尼亚》/在公爵剧院上演/剧名为/《罗马处女》/或/《不公正的法官》/一部悲剧。/由/约翰·韦伯斯特著/伦敦/出版，且大部分/书商/均可出售。1679年。但这个扉页也是重印版的唯一新颖之处。重印版的纸张是1654年版的同类纸，在

---

① 唐斯，前引书，第30页。1669年5月12日，佩皮斯观看了该剧的演出。

② 马龙在其所藏1679年重印版的扉页上注释："朗贝恩说他从喜剧演员卡特赖特那里得知，韦伯斯特的这部剧在公爵剧院重演时被贝特顿修改过。因此，这是贝特顿的改编版。原版是在1654年出版的。马。"此书现存于牛津大学图书馆（Malone 72[4]）。关于朗贝恩，见上文第21页。

1659年[①]的再版中曾使用过一次,这不仅可通过对比阅读材料得以证明,还有其他文献可以佐证。[②] 虽然贝特顿有可能改编过这部剧,但1679年再版的《阿庇乌斯与弗吉尼亚》并非他的改编作品。[③]

我们之所以知道约瑟夫·哈里斯是《城市新娘》的作者,是因为他在献给约翰·沃尔特爵士(Sir John Walter)的那本中的献词上签了名。扉页上写道,该剧"在小林肯茵河广场的新剧院上演,由国王仆役团

[①] 关于1659年的再版,出现了一些混淆。它要么被当作首版(杰拉德·朗贝恩,《英国戏剧诗人传》,第508页;吉尔顿,《朗贝恩》,第146页;吉尔斯·雅各布,《诗人名录》,1719年,第270页,其中初版日期显然被误认为是首演日期;威廉·鲁弗斯·切特伍德,《戏剧记录》,1756年,第32页;大卫·厄斯金·贝克,《剧院指南》,1764年,第2卷,尽管在《戏剧传记》中,艾萨克·里德将其更正为"T.4to. 1654年";后来的汇编显然只是沿用了朗贝恩的说法),要么被误定为1655年。奇怪的是,艾萨克·里德首先创作了1655年的幽灵四开本,正如里德版的《多兹利的往日戏剧》第6卷第237页首次提到的那样。然而,爱德华·卡佩尔在约1783年的《戏剧目录》中正确地记录了这一版本。A3签名页中,《阿庇乌斯与弗吉尼亚》的两个"版本"分别是1654年和1659年的四开本。但约翰·埃格顿在1788年出版的《戏剧回忆录》第38页中却恢复了并不存在的1655年四开本。查尔斯·温特沃斯·迪尔克在1815年出版的《古英语戏剧》第5卷第353页中效仿了这一说法。

[②] 就文献证据而言,首先三个版本中都没有出现任何戏剧人物名单。在签名页[F4ᵛ]标明的"请原谅它",虽然实际上句子在这里结束了,但是三个版本中都同样使用了逗号。甚至是出现在不同纸张上的水印也都是相同的。例如 C2(Q1)-[B4](Q2)-D2(Q3);[B4](Q1)-B1(Q2)-[E4](Q3)等。

[③] 参见卢卡斯,前引书,第1卷,第10页,注释①。

演出"①。但要么是因为当时的韦伯斯特相当默默无闻，或更有可能是因为《摘掉绿帽》同样鲜为人知，无论如何，哈里斯都大胆地将该剧作为自己的原创作品推出。剧中虽有献词、序言和结语，也就是有足够的空间来致谢，但哈里斯没有提及韦伯斯特的名字，同样也没有提及罗利的名字。

改编后的剧本首次引入了一组新的角色名称。一些旧名称仍然保留，如"新郎"邦维尔、"船长"康帕斯，以及"暗恋邦维尔"的克拉拉。两位律师"佩蒂福格"和"道奇"的名称照旧。但其他角色不仅被重新命名，而且是根据旧时道德观念被重新命名的。因此，"莱辛厄姆"变成了"弗兰德利"（Friendly），"伍德洛夫"变成了"梅里曼法官"（Justice Merryman），"罗奇菲尔德"变成了"萨默菲尔德"（Summerfield），而商人"弗兰克福德"在此变成了"文特先生"（Mr. Ventre），还新增了"史普鲁斯先生"（Mr. Spruce），一个"都市花花公子"。女性角色的名称也有所不同。"安娜贝尔"或许不太担心被命名为"阿拉贝拉"，但"乌尔塞"变成"佩格"的过程肯定很漫长。

然而，如果我们期待随着新名字出现新情节，那

---

① 阿·尼柯尔，《复辟时期戏剧史》（剑桥，1923年），修订版（1927年），第364页。

就大错特错了。莱辛厄姆和邦维尔的密谋以及康帕斯的粗俗故事这两个剧情皆原封不动,尽管哈里斯通过删去剧本的最后一句话切断了这两个情节之间唯一的联系。用杰内斯特(Genest)的话来说,哈里斯"在最后一幕中删去了康帕斯,因此也删去了全剧最精彩的笑料"①。另一处重要的删减是莱辛厄姆考验那些纨绔子弟们所宣称的友谊的场景(第一幕第二场,第31—121行)。在其他方面,剧情都保持不变。哈里斯甚至按照原剧的幕间分割和场景划分,其忠实程度令人略感惊讶。

因此从结构上来说,除了损失一个最精彩的笑料之外,并没有太大的变化。然而措辞方面则大不相同了。总体上语言迥然不同,以至于有人可能会认为这是一部新剧。对话的形式更为欢快和流畅,诗歌部分往往被转换成散文。例如,该剧的第一场戏,弗兰德利·莱辛厄姆敦促克拉拉马上嫁给他的情节就是以散文形式呈现的,但仍存在一些类似这样的语录:

> 我必将其归于女性的意愿,
> 无论好坏,都因幻想之物而欢喜如灿。

---

① 约翰·杰内斯特,《英国舞台概述》,10卷本(1832年),第2卷,第92页。

> 悬而未决是对我们最大的折磨,
> 知晓真相才能治愈我们的伤痛。

的确,这些语录似乎是能够区分哈里斯诗歌的唯一方式,当他有意抵制韦伯斯特的风格时,他的诗就变成了彻头彻尾的打油诗。

> 罗奇:做贼是最令人战栗的行当,
> 需要全世界都处于宁静之中;
> 除了灌木丛和房子的幻影之外,
> 每一个移动的物体都使他提心吊胆。
> 一只毛皮裹身的猫,在黑夜中与她相遇,
> 她会像治安官那样盯着他;
> 每一条狗都像一个守夜人;一头黑母牛,
> 一头白脸小牛跟随其后,
> 仿佛是坏脾气的法官和他的书记员;
> 如果他往口袋里一探,
> 便成了用来写收押令的墨水和纸:
> 我当然不会成功,或许,
> 我不必再担忧,可能此刻,
> 我已走到旅程的尽头,或离终点只差一步,
> 随后就到了另一个地方:我信任一个女人,
> 保守着一个足以被处以绞刑的秘密——这样

好吗?
　　我心里仍想逃走。
　　从女人身边逃跑,那也太卑鄙了;
　　除了她的誓言我别无倚仗,
　　她的誓言会让我变得坚强。①

他感觉用散文体写作更加得心应手,因此,他肯定总是这样改写:

　　萨默菲尔德:这是多么令人战栗的行当,本应成为我们唯一向导的良知逃遁,我们犯下罪行而被指控。盗贼!仅是这个名字和想法就让我血液冻结,宛如患了疟疾般颤抖。一条狗,甚至每一根晃动的枝条,都让我们惶惶不可终日。我肯定无法在这一行中发达:或许我不需要再小心翼翼,我可能现在就接近旅程的终点,或者至少也是在通往新门监狱的路上,从那里再到泰伯恩刑场,那是我们这些可怜的流氓唯一可以要求继承的地方。信任一个女人,又是如此重要的事情,我是多么愚蠢啊!我真想逃之夭夭;而那样做,从女人身边逃跑是多么卑鄙。除了她的誓言我别

---

① 第一幕,第四场,第 101-120 行。

无倚仗,而女人们很少或从不在意那些誓言。①

第一段诗文并不是韦伯斯特最好的创作,而且据我们所知,它可能是罗利写的,②但它仍然保留了生动的詹姆斯时代的风格。而第二段散文的确更正式,但却不那么生动。

至于哈里斯的诗歌,范例如下:

> 弗兰德利:噢,我亲爱的邦维尔!你就是那个人吗?
> 我唯一能称之为朋友的人,
> 也是我唯一注定要杀死的朋友?
> 你是一位愿意为我牺牲生命的朋友,
> 留下一个贞洁的新娘,和干净的婚床!
> 我这个卑贱的人,甚至比野蛮的野兽还坏:
> 他们说,慷慨的雄狮,
> 即便他愤怒至极,也从不杀同类;
> 然而我这个卑鄙的怪物,忘恩负义的人
> 就这样无缘无故地杀死了我的兄弟,
> 更糟糕的是,我杀死了我唯一的亲爱的朋友!

---

① 第16页。
② 参见卢卡斯,前引书,第3卷,第15和18页。

第二章 作品的改编

这一切都是为了取悦一个愚蠢的女人。

啊,残忍的女人这样命令
如此艰巨的任务,我无法承受!
哦!你继承了夏娃的原罪,
这是自由人最初堕落的原因;
因为她不仅自己伤痕累累无法复归,
还连累她的女性同胞,使全人类遭受诅咒。①

以上应是哈里斯对韦伯斯特诗歌的改进版。韦氏原文如下:

莱辛厄姆:你是否听闻
像我这样幸运的倒霉的人?
在这人生的朝圣之旅中,
我刚找到最大的善,
但我却必须将孕育它的子宫
变成埋葬它的坟墓,难道生命之始,
便迎来生命之终?然而有一种命运
它凌驾于女人的憎恨之上。②

---

① 第一幕末尾,第8页。
② 第一幕,第二场,第222-229行。

除了拙劣的诗句和复辟时期的戏谑,还能看出哈里斯在努力使这部剧更戏剧化。这种戏剧性增强的最好例子是邦维尔在被告知友人莱辛厄姆的真实意图后的表现。在原著中,邦维尔只是说,"快去报告你杀了你的朋友",等等。但在《城市新娘》中,他优雅地说:

> 好,你所做的一切,我都能抵挡,
> 正义站在我这一边,友谊也一样。
> 　但既然人性如今飘摇不定令人疲惫,
> 　　那就朝这不设防的胸膛径直刺来。
> 一定要击中要害。(他敞开胸怀。①)

然而,优雅的姿态并不是唯一的手法。哈里斯还使用了大量音乐。② 整部戏都有歌曲和押韵的妙语。该剧以一首歌曲开场,"由约翰·埃克尔斯先生谱曲,年轻的拉·罗奇演唱。在这之后是舞蹈,然后是场景"。在第三幕第三场,斯普鲁斯引进了音乐,这原来是"一个贵族浸礼会的对话"。我引用它是因为其排版之美,并非其历史意趣:

---

① 第三幕,第19页。
② 吉尔登,前引书,第67页。

男人：女人的爱　　　　　女人：男人的爱也是这样

男人：还是太少了　　　　女人：是不是太多了

女人：男人总是走极端　　男人：女人也一样

女人：一切都是虚假　　　男人：所有人都喜欢你

女人：男人发誓且说谎　　男人：如果你相信

女人：会叹息，也会死去　男人：但仍然会欺骗

女人：你的誓言和承诺　　男人：你的微笑和泪水

女人：都不过是诱饵　　　男人：都不过是陷阱

女人：为了赢得一颗心　　男人：然后将其毁灭

女人：容易上当的傻瓜　　男人：承诺的喜悦

另一首乐曲

女人：你不要再假装了，
男人：我也不接受你那时髦的伪装；
　　　女人：因为荣誉所驱使，
　　　男人：自由经得起考验，
　　　　　女人：你是什么？
　　　　　男人：那你呢。
女人：我知道你想让我成为你的奴隶，
男人：我知道你想让我成为你的奴隶。
　　　女人：啊，不，不，不！
　　　男人：不，不，不，不！
　　　女人：我永远都不会同意，

> 男人：我将永远自由。

打败海盗后，水手们喝起了潘趣酒，并唱了一首祝酒歌（第三幕，第三场，第27页）。当康帕斯与佩格复婚时，一段对话再次使婚礼生辉。这种对歌曲和妙语的运用一直持续到戏剧的最后，三个角色说出了三首押韵的四行诗，形成一种精彩绝伦的语录：

> 萨默菲尔德：永别了，危险的邪恶之路，
> 把人蒙住眼睛引向归途。
> 在像我一样的时候，智慧的你们像我一样及时忏悔吧，
> 克制，你们的恶劣行径就会结束。

> 阿拉贝拉：倘若我向上苍祈求，赐予尘世中最大的幸福，
> 它也不能赐予我这般福分，
> 暴风雨过后，阳光自然明亮闪耀，
> 而更纯洁的光芒正是从混沌中孕育而生。

> 邦维尔：像今天这样的日子肯定从未有过，
> 在这里看到了如此多样的变化，
> 命运在今天颠覆了我，
> 在一分钟内使我变得幸福，

第二章 作品的改编

> 有这样一位贤德的妻子相伴,我将安度余生,
> 而且我永远不会信任他人,但我误解了我的朋友。

在诸如此类的歌曲中,以及在剧本的大部分内容中,哈里斯没有借鉴韦伯斯特、罗利或海伍德,[①] 而是体现了他自己时代的特色。戴文南特早些时候就支持"歌剧",普尔策[②] 也忙于为戏剧中的歌谣谱曲。大众对音乐性娱乐的需求如此之大,以至于就连莎士比亚剧作的演员贝特顿也不得不从国外聘请意大利歌手和法国舞者。其中一位艺术家,德尔菲娜夫人,收入高到必须缴纳个人所得税,"通过舞台演出和贵族观众获得了超过10,000基尼的收入"[③]。面对如此激烈的竞争,难怪《城市新娘》在第一次上演时就失败了。[④] 哈里斯就此沉寂,既无欢歌也无哀悼,但韦伯斯特的命运并非如此。

---

① 关于海伍德在创作《摘下绿帽》剧本时可能作出的贡献,参见卢卡斯,同前引,第3卷,第11页及后续页。

② 唐斯,前引书,第42页,在《先知:迪克利西恩》和《仙后》中,提到了普尔策的歌曲,后者是根据莎士比亚的《仲夏夜之梦》改编而成的。

③ 同上,第46页。

④ 吉尔斯·雅各布在《诗人名录》(1719年)中提到,第129页。

纳胡姆·泰特（Nahum Tate）着手改编韦伯斯特的剧作时，已经在改编莎士比亚作品中积累了多年经验。1707年，即他的《李尔王》以其圆满结局在多塞特花园赢得广泛赞誉的二十六年之后，泰勒出版了他对《白魔》的改编作品，题为《受伤的爱情：残忍的丈夫》。作品的标题取自泰特分配给维托里亚的台词：

> 小心，我的主人！孤儿和寡妇的哭声，
> 被剥削的劳工因饥饿叹息如此响亮；
> 但没有，没有像受伤的爱情的抱怨，
> 能招致上天的复仇。不，没有！①

这些无疑是复辟时期的台词，不在韦伯斯特的原著中。尽管泰特并未提及韦伯斯特之名，对《白魔》的结构和语言也做了许多改动，该剧的大致轮廓依然可以辨认。

我们将首先讨论戏剧情境的变化，当我们从原著转向改编作品时，我们立刻注意到在第一幕第二场中

---

① 第一幕，第7页。

缺失了一些最具戏剧效果的旁白，① 在此弗拉米诺扮演卡米洛和维托里亚之间的和平使者。他假装赞美卡米洛，但这个赞美立即被一个毁灭性的旁白否定掉：

> 弗拉米诺：一个出色的学者，一个脑袋里塞满奇思怪想的傻瓜，毫无智慧——屈膝来到你面前恳求跟你共度一夜——他下身的躁动，像玻璃工厂里的火一样已经燃烧了七年——怎可能是一个彬彬有礼的绅士。当他穿着白缎时，人们可能会以为他是一只蛆虫，你是一个美丽的宝石衬垫——却被一颗假宝石遮盖了，那个伪造的钻石。
>
> 卡米洛：他会让她知道我的真心。②

这个极富戏剧性的精彩片段在泰特手中变得简单板滞：

> 弗拉米诺：一个出色的学者——

---

① 在 F.L. 卢卡斯的版本中，剧本按幕和场进行划分。早期四开本中没有这种划分。因此，Q1（1612 年）和 Q2（1631 年）没有任何幕的标识，更别说场了：人物只是进出。Q3（1665 年）从划分幕开始，但"第三幕"这样的标题无处可寻，尽管有一个单独的"维托里亚的审判"。Q4（1672 年）中的划分虽然规律，但与卢卡斯的观点不符。

② 第一幕，第二场，第 131-140 行。

> 卡米洛：他会让她知道我的真心。①

即使在另一个例子中，泰特保留了旁白，但它却被改写为：

> 弗拉米诺：我现在似乎必须和你闹翻，（旁白）
> 和一位像卡米洛这样身世显赫的绅士——（大声）
> 一个卑微的奴隶，（旁白）
> 这两年也只不过是公爵的随从。②

而原文是：

> 弗拉米诺：实在无须对他客气，他们说他现在已经是一只阉鸡了，我现在似乎必须和你闹翻。一个像卡米洛这样身世显赫的绅士——一个卑贱的奴隶，这二十年来在公爵的马车上与黑卫队同行，周围全是烤肉架和油乎乎的锅。③

还要注意的是，韦伯斯特"充满激情"的散文被改成了毫无特色的整齐"诗句"。

---

① 第4页。
② 第4页。
③ 第一幕，第二场，第125-129行。

第二幕以面谈场景开场。布拉基亚诺发誓再也不会吻他的妻子，伊莎贝拉迅速地——并牵强地——想到了夏娃：

> 我们神圣的结盟解散了，我觉得
> 我们看起来像是被追逐出伊甸园的一对罪犯，
> 一个矢志不移而可怕的誓言恰似那柄火焰之剑，
> 高高地扬起，阻断我们的归路；
> 但这里的不同之处在于，被放逐的夏娃
> 与她的配偶一同逃离；而我却被判孤独伶仃，
> 独自漂泊在这个充满苦难的广阔世界！

事实上，伊莎贝拉并非真的"怒不可遏"，而是和她的丈夫进行一种优雅的室内游戏。她斥责、说教，抛出诙谐的警句：

> 我将发布一个规定，
> 女士们务必好好审视自己的内心——婚姻
> 就如同一场博弈！

的确，韦伯斯特为了强调伊莎贝拉的高贵精神和自我牺牲，让她自发地提出了"离婚"，这正好为布拉基亚诺提供了一个自我辩护的理由。于是他得意扬扬地对她的兄长说:"你看,这(离婚)并不是我主动提出的。"这是戏剧性的讽刺,因为观众心知肚明,就在不到一分钟前,布拉基亚诺把伊莎贝拉推倒在地。在泰特的版本中,没有讽刺,伊莎贝拉也没有遭受痛苦。她一直在轻松地和丈夫调情,至少把他当作一起表演的同伴:

> 伊莎贝拉:我请求您告诉我,(悄悄地对布拉基亚诺说)
> 你觉得我的表演怎么样?
> 布拉基亚诺:令人赞赏,就像顶尖的女演员一样。①

这个场景虽然令人赞叹,但是韦伯斯特的作品中为数不多的真正高贵的女性角色之一伊莎贝拉却被毁了。

在韦伯斯特的作品中,在维托里亚被审判之前有两个哑剧。事实上,这是韦伯斯特的方式——虽然显得相当粗糙,但仍然不失为一种方式——来保持事件的逻辑性。而泰特则只保留了其中一个哑剧,即揭示

---

① 第19页。

第二章 作品的改编

伊莎贝拉中毒的那个。不止于此,他将这个哑剧推迟到了审判之后。由于这种改变,卡米洛的死讯不得不由红衣主教来报告:

> 灾祸已然降临;
> 我们那些不务正业的政客们似乎已经警觉,
> 而你们当时正酣然熟睡——我们的亲信卡米洛
> 与其他几位船长相聚,一起度过了昨晚
> 在水手们的欢声笑语中,他们举杯祝酒,
> 为他们的旅程祈愿——对他来说,那是一个
> 漫长的夜晚,
> 他死了。①

他没有提到卡米洛是怎么死的。因此,当他后来在审判场景中说,"通过一个阴谋引起的一次'死亡跳跃',他跳进了坟墓",观众并未对此做好准备,而韦伯斯特的哑剧却能适时地告知观众卡米洛的死因。

除了后面要提到的台词变化外,审判场景本身(第三幕第二场;在泰特版本中是第二幕)基本没有改动。泰特当时一定意识到,就像之后兰姆意识到的那样,白魔维托里亚在审判官面前所展现的迷人之美和英勇之力。

---

① 第21页。

然而，另一个同样著名的场景，即在从良院中的场景（第四幕第二场；泰特版本中是第三幕第四场），改动比较大。布拉基亚诺和维托里亚之间的争吵，弗拉米诺的双关语和俏皮话，以及后来的和解，从"天哪，我会把她碾成粉末"到"等等，忘恩负义的罗马"，总共有163行，全部被删掉了。这些删减不仅毫无理由地破坏了韦伯斯特创造的最生动的场景之一，而且对于弗拉米诺的形象塑造产生了灾难性的后果。弗拉米诺之所以迷人，是因为他是一个·知识分子，[①] 观察入微，妙语连珠，讲出的故事振聋发聩，令人回味无穷。当弗拉米诺从这些事情构成的背景中剥离出来时，他看起来只是一个纯粹的恶棍，而单纯的反派角色毫无趣味。

在泰特的第四幕中，我们注意到另一个改变。我们发现一个错误的伪装者。韦伯斯特遵循伊丽莎白时代的惯例，让国王和公爵乔装打扮，让弗朗西斯科——"胖公爵"本人，以一个自愿服兵役的摩尔人的身份出现在布拉基亚诺的宫廷里。这增加了该场景的紧张和悬念。但显然，泰特认为一个公爵不应该在敌人的领土中心冒不必要的危险——随着资本主义科学

[①] 弗拉米诺上的是位于帕多瓦的大学。见第一幕，第二场，第313页及后续页。

第二章 作品的改编

新秩序的建立，对统治者个人勇敢的概念必定发生改变——于是换洛多维科来伪装。

但是，如果说泰特删减了台词并改变了人物角色，那么他同时也添加了自己的东西。布拉基亚诺安排了一场化装舞会。在舞会上，他让戴着面具的赞奇向弗拉米诺询问与她有关的问题。弗拉米诺显然没有设防，轻易地倾吐了心声。对于像弗拉米诺这样一向谨慎的人来说，这是非常罕见的。显然，这比在原著中让弗拉米诺向奥尔滕西奥说出他与赞奇的私情要好，此处应被看作泰特高出韦伯斯特一筹。

韦伯斯特的第五幕以科尼利亚唱的挽歌而闻名。这不仅受到兰姆的赞扬，还被 T. S. 艾略特所引用。① 然而，泰特却持有不同想法。他删掉了整个场景，包括挽歌，再次使用了由使者报告的方法：

> 仆人：您那尊敬的嬷嬷，
> 两小时内已经变成了一个非常苍老的妇人；
> 我发现他们在给马塞洛的遗体裹尸布；

---

① 见艾略特，《诗集 1909-1935》(1936 年)，第 63 页：
哦，让狗远离，它是人类的朋友，
不然他又会用指甲把它挖出来！
几行诗句出现在《荒原》里。艾略特在第 79 页的注释中指出了它们与韦伯斯特挽歌的联系。

> 那里弥漫着一种庄严肃穆的旋律，
> 交织在悲伤的歌曲、眼泪和挽歌之间。
> 就像守护死者的老奶奶们
> 习惯于整夜唱出的；
> 相信我，我都看不清路走出那房间了。
> 因为我的双眼早已噙满泪水。

这些确实是韦伯斯特的诗句，在第五幕第四场中由弗朗西斯科说出。但它们并非孤立存在，而是立即引出挽歌。它们旨在让观众做好心理准备，面对挽歌的震撼和恐怖。在泰特的版本中，虽然做了准备，但准备的事情并没有发生。仆人的报告后面紧接着的是布拉基亚诺的鬼魂向弗拉米诺扔泥巴。在最后一幕中，弗拉米诺和他妹妹被杀害的方式与在韦伯斯特原著中类似，只是弗拉米诺的台词更少，他的散文段落都被删掉了。

泰特在整部剧中对台词作了多处变动，大致可以分为两类：修改和删减。我们已经注意到，在弗拉米诺的案例中，他将韦伯斯特生动的散文改写为乏味的韵文，他删掉的旁白对于塑造人物角色有害无益。还有许多其他例子，但如果我们不设法通过这些细节变化来揭示出其动机和原则，那么这将只是细枝末节的罗列。很明显，在改编韦伯斯特的作品时，泰特受到了复辟时期礼仪观念的支配，避免了直言不讳的表达方式。韦伯斯特惯用"妓女"（whore）一词，比如在审判场景中，而泰特则在其两个委婉语（"curtezan"和"harlot"）之间犹豫不定。在同一场景中，布拉基亚诺说完台词"懦夫狗总是吠声最大"之后的称呼由"神父先生"（sirrah priest）变为了"尊敬的先生"（Reverend Sir）。新古典主义批评家提倡热爱礼仪，[①] 其中一种表现就是爱抽象而非具体，爱庄重而非平凡，爱含蓄迂回而非赤裸直白：

> 布拉基亚诺：她在胡言乱语，老太太精神错乱了。
>
> 弗拉米诺：这是古人生病的一贯做法。
>
> 科尼利亚：愿每一次你的亲吻都像一只蝎子；
>
> 愿你在他的短暂生命中备受羡慕，
> 等到他死后，你将被更加藐视。
>
> 维托里亚：热情错乱，但这是父母的关怀，

[①] 不需要引用德莱顿或莱默。例如，托马斯·波普·布朗特爵士在他的《诗作之美》（1694年，第28页）中说："如拉平所说，表达或语言必须具备五个品质，以满足诗歌所要求的完美：它必须是精确、清楚、自然、高贵和华丽的，并且是多样的。"他进一步澄清说（第29页）："第四，语言必须高贵和华丽。因为普通和平常的词语不适合诗人，他必须使用不带有低俗和庸俗之气的词语……"

职责让我等待她的定罪;

尽管错误之雾可能掩盖无辜,

真理和阳光却会透过云层更加明亮。

(维托里亚离场)

我们可以将以上改编版与下述韦伯斯特原作相比较:

布拉基亚诺:啊,啊,这个女人疯了。

科尼利亚:你的行为背信弃义,如出卖之吻。

愿你在他生命的最后一息中备受羡慕,

在他死后却像一个可怜之人受到怜悯。

维托里亚:我被诅咒啊!(维托里亚[①]离场)

我们知道,以前那浓烈的老酒已被冲淡。十八世纪早期的文人也对肉体产生了恐惧。因此,旧版本中维托里亚的台词:

维托里亚:这些药丸送进你们受诅咒的胃里,应该给你们带来健康,或者当你们坐在长椅上时,让你们被自己的唾液噎死。[②]

---

① "维托里亚",原文如此;第一幕,第二场,第290-294行。

② 第三幕,第二场,第287-289行。

第二章 作品的改编

必须被改为：

> 维托里亚：但愿给你治病的药丸留在你那歹毒的心中，但愿你坐在法官席上，药丸的毒液噎死你。①

当然，"唾液"是一种不宜在公共场合提及的鄙俗之物，因此应该避免使用，但它是一个形象——人们可以看到一个人被自己的痰液和唾液噎住窒息的情形——这是更具文学性的"毒液"无法替代的。

然而，大多数时候，泰特所做的并非"稀释烈酒"，而是在践行古典的节俭原则：

> 弗拉米诺：然后抛锚。
> 我们停止悲伤，停止做命运的奴隶；
> 不，停止死去，死去后，
> 你离去，而我深陷在迷雾之中。②

以上是泰特对弗拉米诺在剧末那句著名且常被引用的临终遗言的删减版。原文如下：

---

① 第一幕，第27页。
② 第五幕，第69页。

弗拉米诺：然后抛锚。
繁荣似乎会迷惑看起来清澈的人们，
但海面却在接近岩石时发出嘲笑的声音，露出白色。
我们停止悲伤，停止做命运的奴隶，
不，停止死去，通过死去，你已经离去？
你如此接近谷底：虚假的传言说
女人们与九位缪斯女神竞争
九条坚固耐用的生命：我不关心谁在我之前，
也不关心谁会在我之后；
不，我将从自己开始，也将在自己结束：
当我们抬头仰望天空时，
我们混淆了知识。我陷入了迷雾之中。

  无须提醒韦伯斯特的爱好者们，他们最喜爱的一些台词已经被更文明的时代的剧作家剪辑了。
  但此时我们已经进入了对台词的第二类变动，即删减，这在我看来更具启发性。如前所述，有些场景和片段已被全部删掉。删掉的内容大部分都是寓言、故事、梦境和"人物绘"，而这些都是构成韦伯斯特戏剧独特氛围的要素。韦伯斯特笔下的角色有一种不可思议的习惯，那就是在最奇怪的时刻讲故事。弗朗西斯科公爵在卡米洛准备出发对抗海盗的前夜，讲述了

第二章 作品的改编

太阳神阿波罗的婚姻故事。① 这一部分在泰特的版本中被完全删掉了。维托里亚和她的侍女不仅喜欢做梦,而且喜欢讲述她们的梦。事实上,她们所有的梦境都在原剧中展示出来了。② 维托里亚的梦境是若隐若现的,以一种令人赞赏的方式讲述出来,甚至连邪恶的主谋弗拉米诺也为之喝彩。"出色的魔鬼。/ 她曾在梦中教他 / 如何除掉他的公爵夫人和她的丈夫。"梦境和故事在韦伯斯特的剧中起着重要作用,弗拉米诺在这里泄露了韦伯斯特艺术的秘密。但是再一次,在泰特常识之光的照射下,梦境没有立足之地。③ 在讲述故事方面,最当之无愧的是大反派弗拉米诺本人。直至弥留之际,他仍是一个无与伦比的讲故事者,即使在"迷雾之中",他也要用最后一口气来讲述:"让一切伟大的人都记住老妇的传统,④ 就像在烛节日那天的里昂塔一样,在太阳照耀之时哀悼,因为冬季将会继续残酷。"这是散文体。泰特显然认为弗拉米诺应该死得干

---

① 第二幕,第一场,第 330 页及后续页。

② 第一幕,第二场,第 220 页及后续页;第五幕,第三场,第 228 页及后续页。

③ 泰特,第 60 页,开头几乎没有提到赞奇的梦,没有以细节结尾。细节被隐瞒了,大概是因为他认为这些内容很下流。

④ 卢卡斯采用的拼法是"妻子"(wives);Q1 中是"宽(wides)"(M2 签名页),这显然是一个印刷错误。

净利落,他没有给一个爱说闲话之人最后一项特权。

按照我的计算方法,在《白魔》中,弗拉米诺按照以下顺序讲了九个故事:

1."我自己曾经爱过一位女士"(第一幕第一场;泰特版本没有);

2. 鳄鱼和鸟(第四幕第二场;泰特版本没有);

3. 两个卡普金斯修女(第四幕第三场;泰特版本,第44页);

4. 伊索寓言:愚蠢的狗和它的影子(第五幕第一场;泰特版本没有);

5. 孔雀和鹰(第五幕第四场;泰特版本,第62页);

6. 在马背上坐在父亲后面的小男孩儿(第五幕第四场;泰特版本,第62页);

7. 夜晚守在城堡里的女人(第五幕第四场;泰特版本没有)

8. "哦,卢西安,你荒谬的炼狱"(第五幕第六场;泰特版本没有);

9. 许珀耳涅斯特拉(第五幕第六场;泰特版本没有)。

在这九个故事中,只有第三个和第五个出现在泰特的版本中。第六个是一个特殊情况。泰特提到了这个小男孩儿和他的父亲,但由于弗拉米诺的话被年轻

第二章 作品的改编

公爵打断,所以他没有讲完这个故事,因此完全没有传达出要点。① 这组故事另一个引人瞩目的特点是它们都是用散文体写的,这通常是刻意而为,比如第八个和第九个故事,弗拉米诺特意从诗句中抽身,用最通俗的方式讲述故事。随着讲述者将听众引入私密话题,声音会突然降低。对于这种低分贝的叙述,散文体不仅仅是一种改变、突破,而且是一种必要。然而,泰特似乎在整个剧中刻意保持平稳的一致性,我们已经看出他对韦伯斯特擅长的简洁散文并没有特别偏爱。

韦伯斯特的"人物绘"在泰特手中的境遇甚至更糟。在《白魔》中,我找到了不少于七个"人物绘":

1. 弗拉米诺描述卡米洛(第一幕第二场;泰特版本没有);

2. 弗拉米诺描述大使们(第三幕第一场;泰特版本没有);

3. 红衣主教谈及"妓女"(第三幕第二场;泰特版本,第24页);

4. 弗拉米诺谈及摩尔人(第五幕第一场;泰特版本没有);

5. 弗拉米诺:"一个新政权"等等(第五幕第一

---

① 第62页。弗拉米诺:大人一定要高兴,我们才有理由哭泣。您记得那个在马背上坐在父亲后面的小男孩儿——

吉尔瓦尼:走开,布冯。

场；泰特版本没有）；

6. 弗拉米诺谈及布拉基亚诺（第五幕第三场；泰特版本没有）；

7. 弗拉米诺的"马基雅维利"（第五幕第三场；泰特版本没有）。

在《受伤的爱情》中，这七个"人物绘"中只剩下主教对妓女的描述，但他甚至没有以"红与白"的自然色彩（naturall red and white）来描绘这名妓女，而只是勾勒出一个支离破碎的轮廓。最大的反派自然会受到最严厉的惩罚。弗拉米诺就是八卦的化身，他的魅力本质上就是话语的魅力，一旦他不再闲谈，他就判若两人，活力尽失。

现在让我们看看泰特对韦伯斯特都做了什么。在结构方面，除了序言和尾声之外，他增加了布拉基亚诺和伊莎贝拉之间的虚构场景。在布拉基亚诺宫中发生的事件中，他增加了一场化装舞会。室内游戏中有一些戏谑，舞会上有一群女士，毫无疑问，她们代表了这位桂冠诗人使这部庄严的老戏剧适应当时的上流社会所做的努力。但泰特的做法本质上具有一种破坏性的力量。他一直乐于使用他的删减技术。他剪掉了

第二章 作品的改编

一场哑剧、两个梦境、六个小的连接场景①，两个主要片段②，十一个故事③中除了三个以外的几乎所有内容，以及七个"人物绘"中除了一个之外的几乎所有内容。被删减的大部分段落都是散文体，在所有上述情形中，它们只是被简单地移除了，而不是被新版本所替换。从第八和第九个弗拉米诺的"故事"案例中可以窥见泰勒在进行删减时的所思所想。韦伯斯特刻意为之的散文段落被刻意删减，而散文前（案例八）后（案例九）的诗句基本上是完整的，这是泰特处理老戏剧的惯常做法。我们得出的结论是，泰特在韦伯斯特最具个人特色的地方并不与之合拍，后者是"一位缓慢、审慎、细致的作家，一位有强烈自我意识的艺术家"④。

---

① 泰特删减了以下六个连接场景：1.蒙蒂塞尔索建议卡米洛（第二幕，第一场，第319行及后续行）；2.弗拉米诺与律师的谈话（第三幕，第一场，第11行及后续行）；3.蒙蒂塞尔索和洛多维科，弗朗西斯科以蒙蒂塞尔索的名义寄出1,000达克特（第四幕，第三场，第83行及后续行）；4.乔装打扮的弗拉米诺与弗朗西斯科谈论关于抚恤金的问题（第五幕，第一场，第130行及后续行）；5.信使向弗拉米诺传达年轻公爵的命令（第五幕，第四场，第26-40行）；6.霍坦西奥发现"一些恶行"（第五幕，第五场，第156-159行）。

② 从良院的场景和挽歌的场景。

③ 十一个故事指的是弗拉米诺的九个和有弗朗西斯科的两个（第二幕，第一场，第330-351行；第五幕，第一场，第125-129行）。

④ T. S. 艾略特，《艾略特选集》，修订版（1934年），第184页。

我们有理由相信，韦伯斯特努力追求的是一种复杂模式的效果。他的伟大戏剧是在两个层次上构建的，一个层次由主要情节提供，另一个层次未必是次要情节，而是由所谓的"模式语言"①组成。换言之，这包括寓言、"人物绘"、梦境、大量旁白和题外话。它们存在于剧中的部分原因是当时的观众②喜欢，还有部分原因是它们有助于建立一种厚度、一种新维度，如若没有这些，情节不仅会变得寡淡单薄，还会落入俗套。不可否认，这种解释是一种现代理论，我们可能只是在把一个真正的弱点转化为虚假的典范。对此的回答是，首先，韦伯斯特与当时整个剧作界共享这种模式语言，莎士比亚也不例外；其次，他并非对自己所做之事一无所知。在蒙蒂切尔索描述了"妓女"这个"人物"之后，韦伯斯特让维托里亚说道，"这样的描述让我一头雾水"。而弗拉米诺，这个生者忏悔和死者秘密的守护人，可能会被再次呼吁：

----

① 关于"模式语言"这个术语和两个层次的概念，我要感谢 M. C. 布拉德布鲁克女士的著作《伊丽莎白悲剧的主题与惯例》(剑桥，1935年)，特别是第五章"言语惯例"。布拉德布鲁克女士提到了威廉·恩普森 1931 年关于"伊丽莎白戏剧中的情节和次要情节"的演讲，后来收录在《牧歌的几个版本》(1935 年) 中。也请参见关于艾略特的注释。

② 参见 L. C. 奈茨，《莎士比亚时代的教育与戏剧》，《规范》，第 11 卷 (1932 年 7 月第 45 期)，第 599-625 页。

> 对于一些人来说，
> 这样谈恶棍和疯子似乎荒谬；
> 而有时带上一句幽默诙谐的话，话中充满智慧。
> 但这可以让我改头换面，
> 恶棍通过模仿伟大人物变得伟大。①

"但这可以让我改头换面"：这是韦伯斯特在为自己解释。他让他笔下的人物喋喋不休，是因为他想塑造人物的多面性。他完全意识到了"双重模式"② 之美。但是，他的声音在泰特那里被消解了。伊丽莎白时代的方式已经不被理解了。简化剧本后，泰特成功地抹去了其辉煌之处。正如我们即将在西奥博尔德身上看到的那样，泰特绝非一个恶意的改编者。尽管如此，泰勒还是给我们敲响了警钟，与其说他提醒我们注意一种所谓"泰特化"的老剧重写的怪异过程，不如说他提醒我们思考：当科学务实时代的理性逻辑可以干预诗意感性时将会发生什么。

与纳胡姆·泰特一样，刘易斯·西奥博尔德也是

---

① 第四幕，第二场，第242-246行。

② T. S. 艾略特，《艾略特选集》，第229页，"诗体戏剧与散文体戏剧的区别可能在于，前者是一种行为的双重性，好像同时发生在两个平面上"。

在深谙莎士比亚的情况下来改编韦伯斯特的剧作的。我们不需要提及《莎士比亚复原》(1726年)或《双重虚构》(1728年)。对我们而言更有趣的是西奥博尔德在1720年对《理查二世》的改编,因为泰特也曾尝试过改编这部莎剧。实际上,在十八世纪,对《理查二世》进行修改似乎成了改编韦伯斯特戏剧的条件之一。西奥博尔德的剧作《致命的秘密》改编自《马尔菲公爵夫人》,在考文特花园上演,同年,他改编的莎剧出版,这也许并非巧合,但这使得西奥博尔德与泰特的立场有所不同。泰特或许可以借口说他不懂韦伯斯特,但西奥博尔德不可能不懂伊丽莎白时代的语言。泰特没有提到韦伯斯特的名字,但在后记中模棱两可地暗示这出戏是"本土出产"、"英语写作"、一个"古老而真实"的故事。西奥博尔德不仅提到了韦伯斯特,而且毫不含糊地表达了对他的看法。西奥博尔德的朋友菲利普·弗劳德(Philip Frowde)写的序言已经足够明确了,但他自己的序言显然更为重要。这是一篇关于韦伯斯特的评论,由一位自认为是剧作家的莎士比亚研究者撰写,并且已被奥尔迪斯和马龙等人关注。①

---

① 例如,在马龙关于朗贝恩的藏本里正对着关于韦伯斯特记述(第132页)的插页中,马龙复制了奥尔迪斯的笔记:"……在《致命的秘密》中西奥博尔德先生的前言和弗劳德的序言里,有一个人物出自《马尔菲公爵夫人》。"

在这篇评论中,他谈到了《马尔菲公爵夫人》最初吸引他的地方,"我发现激情中有着异常吸引人的东西,一种阳刚与温柔的结合,这促使我想要使它们更加现代化"。然而,当他真正开始着手改编时,他发现韦伯斯特有很多问题:

> 至于我们的同胞韦伯斯特,虽然我承认从他的作品中获得灵感,但我并没有盲目到对他的所有缺点视而不见。他写过骇人听闻的事件,几乎和那个西班牙人的一样夸张。[早些时候,西奥博尔德提到了洛佩·德·维加(Lope de Vega)的设计——"一道烹饪",在舞台上呈现出一个装有三个头颅的盘子。]他有着强大而激烈的智慧,但同时也有着最为狂野和杂乱的思绪:他有时构思宏伟,但并非总是表达清晰;如果他偶尔高屋建瓴,那也只是夸夸其谈:他的构想是如此离经叛道,难怪我们永远无法跟上他的脚步。至于规则,他要么不懂,要么认为它们是太过卑屈的约束。因此,他在年代(时间)和王国(空间)之间自由跳跃。(必须承认,在他写作的时代,"三一律"很少被遵守;然而,当诗人跑得太快,读者的想象力跟不上时,他们很可能就会喘不上气。)他在另一个方面同样放肆:他提到了伽利略和塔索,两位在马尔菲公爵夫人被谋杀之后近半个世

纪才出生的人。

简而言之,韦伯斯特被判与莎士比亚相同的罪名,即一个狂野且未受教育的天才,使用过时的语言并完全无视统一原则。这不禁让人想起德莱顿更犀利的观点。

这是当时批评界的主流观点,不足为奇。令人惊奇的是西奥博尔德为这个故事贡献的圆满结局。泰特为了捍卫他改编的《李尔王》第五幕所引用的德莱顿的话,也可以被西奥博尔德以同样正义的口吻引用到这里。与"愚人之王"西奥博尔德相比,泰特对韦伯斯特可能较为温和。"愚人之王"更危险,因为他更有野心,仿佛在韦伯斯特这块老石头上磨快了一把批评之斧。要了解韦伯斯特的遭遇,我们必须逐幕研究西奥博尔德的操作。

戏剧以佩斯卡拉侯爵欢迎从法国归来的德里奥(而不是韦伯斯特原著中的安东尼奥)开场。安东尼奥加入了他们,他对德里奥耳语道:"我有一个秘密要告诉你。"但他没来得及透露,因为他们被博索拉、红衣主教和费迪南德公爵的到来打断了。博索拉作为"情报员"为费迪南德服务,专门负责监视公爵夫人。接下来是宫廷场景,两位兄长反对公爵夫人再婚的理由成为主要焦点。他们的表现粗暴无理,而公爵夫人被迫发誓。宣誓之后，她哭了，西奥博尔德经常让她哭泣，但韦伯斯特认为她不必如此。

然而，在这里我们错过了一件大事，即韦伯斯特剧中的卧室秘密婚礼场景。这是一种难以描写的场景，但一旦写出来，会取得辉煌的成功。西奥博尔德将这个场景整个删掉了，这就使得故事中一个最重要的情节得不到解释。

在第二幕中，博索拉含糊其词，向费迪南德暗示公爵夫人和安东尼奥之间有私情，安东尼奥曾是"古怪的学者"（这是韦伯斯特原著第三幕第三场中德里奥对博索拉的描述），现在成为"穿着考究的古怪廷臣"。但费迪南德想要的是行动，而不是空谈，他催促博索拉晚上秘密潜入公爵夫人的卧室一探究竟。此时，公爵夫人正在她的房间里，与女仆谈论她兄长们的坏脾气（在韦伯斯特原著的第一幕第二场中，安东尼奥出色地描绘了这两位"人物"）。他们如此可怕，令她一想到他们就哭泣，所以当安东尼奥进来时，他的第一句话便是："我的公主，你在流泪吗？"眼下的难题当然是她已经向兄长们许下永不再婚的誓言。奇怪的是，两人似乎没有做出任何重要决定，而是通过两扇相对的门离开了房间。在接下来的场景中，我们看到兄长们根据各自的"体液"（这里指性情）对妹妹的有罪之爱作出了反应，暴躁的费迪南德被冷静的红衣主教责备要耐心等待时机。

西奥博尔德的第二幕异常平淡。什么也没有发生。而韦伯斯特的第二幕则生动丰富,从吃杏子开始,通过仆人的幽默场景和安东尼奥掉纸的情景继续下去,被朱丽亚和红衣主教的次要情节暂时打断,最终以兄长们阅读博索拉的信结束。这样的对比不禁让人认同有人在别处对西奥博尔德改编的评价:"最精辟的文学评论家可能是最糟糕的戏剧艺术家。"①

易怒的费迪南德不可能长时间无动于衷,于是在第三幕中,我们看到他最终手持匕首进入公爵夫人的房间。公爵夫人"衣不遮体地坐着",哭着承认自己的罪行。之后是费迪南德的"高光时刻",他开始滔滔不绝地讲述家族荣誉和女性美德,并对此心满意足。但当他转身离开时,被安东尼奥拔剑拦住。然而,这并非决斗场面。当公爵夫人挡在两人之间时,安东尼奥却出人意料地讲述了他曾如何在战场上从加丽克国王的剑下救了费迪南德一命。见这一说法无可辩驳,费迪南德怒气冲冲地离开舞台。他以一项没收公爵夫人领地的法令展开了报复。得知此事后,公爵夫人嘱托安东尼奥逃往安科纳,并给了他一枚戒指。

---

① *DNB*,第19章,第599页。

西奥博尔德在此处引入了一个新情节，让费迪南德和安东尼奥在公爵夫人的卧室相遇。在韦伯斯特的原著中，他们二人前后脚错过了彼此。但这次相遇无关紧要。未能充分利用戏剧的可能性，西奥博尔德发现自己的写作只是沿着韦伯斯特设定的事件模式进行。他显然不满足于这种状况，并以删减韦伯斯特最成功的一些场景作为反抗。由于没有神龛场景，也就没有了神父们唱歌的仪式美感，公爵夫人也没有机会享受真正幸福的瞬间，没有说出"此前／我们何时这么开心过？我的发丝缠结"（第三幕第二场）。其他省略的部分包括公爵夫人解雇安东尼奥，这是她的一个相当聪明的计谋，以及后来她向博索拉透露安东尼奥是她的丈夫，这次她却头脑简单得令人难以置信。韦伯斯特的第三幕很长，包括五个场景，其中最后一个是安东尼奥与公爵夫人告别，后者随后被博索拉拘留。在这五个场景中，只有第二场的部分内容被保留在《致命的秘密》的第三幕中。由于这种无情的删减，读者在寻找韦伯斯特最令人难忘的台词之时将会一无所获，比如马拉泰斯特、费迪南德和安东尼奥突然意识到人类处境的无意义："人（如同卡西娅）被打得越狠，变得越坚强。"

在第四幕开头，安东尼奥和德里奥以朝圣者的身份短暂归来。佩斯卡拉侯爵就公爵夫人的案子向红衣主教说情，表现出对她的忠诚，而红衣主教作为一个"骄傲的暴君"只是辱骂了这位老廷臣。接着我们发现公爵夫人在黑暗中接见费迪南德，后者赠送了她一枚戒指作为和解的象征。当灯光重新点亮时，观众看到这枚戒指原来是她曾亲自送给安东尼奥的。这只有一个解释。当她对安东尼奥的命运越来越担忧时，博索拉带着一名军官和几个"伪装者"闯入。看到一副棺材之后，她被带离舞台，显然是要死去。费迪南德回来了，在进行思想斗争之后决定"让她活着"，但为时已晚，因为博索拉马上将目光转向躺在棺材里的公爵夫人的尸体。在这里，不禁让人将一句常被引用的"盖住她的脸，我的眼睛眩晕，她这么年轻就离世"与西奥博尔德的改进版本进行比较：

> 费迪南德：啊！你这个彻头彻尾的叛徒！
> 她难道已经死了吗？仁慈来得太迟了吗？
> 盖住她的脸，我的眼睛开始眩晕。

但最后，费迪南德和博索拉和解，并请他安葬公爵夫人的尸体。在韦伯斯特的作品中，两人并未和解，费迪南德只是疯了。

正如所料，西奥博尔德删掉了疯子跳舞的情节。卡里奥拉奇怪地被闲置起来了。她甚至连公爵夫人被带走时都不在场，因此后者没有机会说出后世人听了都情不自禁流泪的话：

> 我求你看看，
> 给我的小儿子一些糖浆治感冒，
> 并让我的女儿在入睡前祷告。
> 现在还有什么，怎么个死法？

博索拉并没有唱"他们的生活是一团错误的迷雾"。观众也没有机会看到公爵夫人像苔丝狄梦娜（奥赛罗的妻子）一样，在被勒死后短暂复活。但西奥博尔德剧中缺少的不仅仅是"折磨人的刑具"，一个坚持批判原则的人可能会觉得没有这种工具是正当的，而是韦伯斯特的微妙模式，在这种模式中，人的高贵与痛苦是紧密交织的。

第五幕开场时，费迪南德已经完全心烦意乱了，他走进来问："为什么一个人要被两个影子纠缠？"他的家庭教师弗拉维奥和佩斯卡拉侯爵一直在后方观察他，当他们看到费迪南德掉下一张纸时，他们就上前捡起来，读后发现是红衣主教的来信。信中督促费迪南德派遣博索拉"了结"公爵夫人。他们退下来思考这一发现的可怕性质，随后我们看到红衣主教正在筹划如何杀害费迪南德，以确保这个秘密随他一同埋入坟墓。然而，被前来索要报酬的博索拉打断之后，红衣主教只好用含糊的承诺来安抚他，并以一种天真的方式进一步委托他追踪安东尼奥。在下一个场景中，安东尼奥仍然扮作朝圣者，与德里奥一同出现。他们发现身处一座废弃的修道院前，德里奥发表了他的"废墟"演讲。必须顺便提一句，值得肯定的是，西奥博尔德保留了韦伯斯特剧中这段演讲的绝大部分内容，只是忍不住对其中的一句话做了轻微的添加。韦伯斯特的原句是：

> 毫无疑问，在这个空旷的院落，
> （现在暴露在暴风雨下）
> 有人被埋葬了。

而现在我们读到的是：

> 毫无疑问，在这个空旷的院落，
> （现在暴露在暴风雨下和无情的岁月中）
> 有人被埋葬了。

感谢西奥博尔德没有再对演讲的其他地方进行更多的改动。紧接着是纪念碑场景，在这场戏中，费迪南德本打算杀死博索拉，却成功刺伤了红衣主教，自己也受了致命伤。当年轻公爵（费迪南德）带着他的随从出现时，他决定活捉或死擒博索拉。然而，令人惊讶的是，博索拉不仅以勇敢的姿态出现，甚至主动请求年轻公爵的宽恕。他甚至带来了活生生的公爵夫人！博索拉先前向费迪南德展示的棺材里的尸体不过是一个蜡像。只需要安东尼奥褪去伪装，这出戏便能够有一个真正幸福的结局。

所以结局里并没有死亡的戏码，但随之而来的问题却不知还有多少！例如，茱莉亚被毒杀、照料费迪南德的医生、那些回声、红衣主教将贵族和仆从禁足等，这些通通不见了。所以我们得出结论，韦伯斯特的第五幕已面目全非。

在对白方面，首先面临的就是角色的变换。韦伯斯特原本已将相关的台词赋予了某个角色，但西奥博尔德却会将它们分配给另一个角色。例如，在第一幕第二场中，费迪南德的台词是"一个混蛋的甜言蜜语，还打动不了一个女人吗？再见了，你这放荡的寡妇"，而在西奥博尔德的版本中，却变成了博索拉说的话（第14页）。在第一幕第二场中，西奥博尔德还让博索拉（第13页）说出了一些略带讽刺的话语，而它们原本是韦伯斯特留给公爵夫人的台词：

我是有血有肉的人，（先生）

> 并不是跪在我丈夫坟前的
> 大理石像：醒来吧，醒来吧（男子汉）

然而，并不总是博索拉篡夺其他人的台词。有时他也得从别人嘴里听到原本属于他的话。例如，在第四幕第二场中，博索拉在取人性命前高声呼喊，相关台词稍加修改之后，却变成了费迪南德的话语（第41页）。博索拉被费迪南德（第53页）夺取的还有以下独白：

> 我们只是上苍的玩物啊（沉浮哀苦都只为取悦上天）。

然而，它们被修改为：

> 人类只是命运的玩物，
> 任其肆意摆弄。

西奥博尔德非常喜欢用"命运"和"无情时光"之类的词语，来为行文增光添彩，而且肯定会恰当地将首字母大写。

但如果我们基于这些示例，便认为这是改编者有意为之，那就未免有些自作聪明了。西奥博尔德将

第二章 作品的改编

只适合某个角色的台词，分配给了另一个角色，这无疑违背了韦伯斯特创作戏剧的目的。除了折衷主义的原则之外，西奥博尔德自身可谓毫无原则可言。十有八九是，当西奥博尔德没有好的台词时，他便去韦伯斯特的作品里翻找，直到发现合适的段落，完全不顾角色的情况。可以证明这一点的事实是，对任意两个特定的角色而言，他们在台词交换方面不具有一致性。正如我们所见，费迪南德说了博索拉的话，但当博索拉随后抬头看向替他发声之人时，却发现了红衣主教：

> 我跟随你——这该死的偶然！
> 难道我要畏缩不前，放弃远大希望？
> 我就像一座巨大的金字塔，
> 基座宽广宏大，
> 塔顶却渺若针尖，甚至化为虚无。
> 去吧，虚无的生命！在追求崇高的道路上，
> 我们就像调皮的孩童，把游乐看成生命，
> 我们只是在追逐闪亮的泡沫，真正获取之后便会瞬间消融，这便是荣耀的伪善。

上文是红衣主教的临终遗言，但是它们选自韦伯斯特剧中不相关的两部分（第五幕第五场和第五幕第四场）：

博索拉：的确，我的残魂已飘至我的咽喉，
即将离我而去，我与有荣焉。
而你就像一座巨大的金字塔，
基座宽广宏大，
塔顶却将渺若针尖，甚至化为虚无。

安东尼奥：很多人听到悲伤的消息往往悲恸欲绝，
但我很庆幸自己死期将至，
再也不用忍受活着的悲痛。
愿我的伤口永不愈合，因为生命已然毫无意义。
在追求崇高的道路上，
（就像调皮的孩童，把游乐看成生命）
泡沫随风飘散，而我们不过是在追逐它们罢了。
人之一生，何为欢愉？
不过是漫漫病痛中偶尔的舒缓，
不过是无尽苦难中短暂的休憩。
我无意再问什么葬礼，
把我的遗体交给德里奥就好。

对于这种折中主义，我们不应感到惊讶，因为西

第二章 作品的改编

奥博尔德生活的时代崇尚"细选精华",视"英式才思为瑰宝"。真正令我们惊讶的是,他的精选并不彻底。他似乎总是在韦伯斯特作品中最具戏剧性或最引人入胜的地方突然中止,这与伊丽莎白时代如出一辙。"的确,我的残魂已飘至我的咽喉","人之一生,何为欢愉?不过是漫漫病痛中偶尔的舒缓","生命已然毫无意义",在美妙的诗意之链中,这些都是重要的缺失。对于自己选择保留的语句,西奥博尔德也不满足于让它们保持原样。他必须修改、纠正,要让一切都一清二楚。他必须严惩这位"粗鲁的老吟游诗人"①。不能是"泡沫随风飘散,而我们不过是在追逐它们罢了",而应是"我们只是在追逐闪亮的泡沫,真正获取之后,便会瞬间消融,这便是荣耀的伪善";不能是简洁的:

> 原本你只是在作茧自缚,但你的慷慨
> (慷慨原本让人高贵)也将使我成为恶人。

而应是详尽的:

> 这奇怪吗?

---

① 摘自菲利普·弗劳德(Philip Frowde)为该剧所写的序言:"这位粗鲁的老吟游诗人,拥有过于温情的想象,不知他是否知晓批评的法则。"

> 我不会让我的美德随风而逝,
> 难道就此别过,毫无疑虑?
> 反思会动摇我的理性
> 为何伟人的慷慨本应使一个人真正变得高贵
> 处在高贵的地位,却变成了恶人。

博索拉的话语格律流畅,但用的却是女学究式的英语,节奏也非常迟缓。再举一个例子,让我们比较一下两个版本中公爵夫人的遗言:

> 勒,用力勒,用尽全力,
> 把天堂拉到我的面前。
> 天堂的门并不像亲王们的宫殿那般高耸,
> 人们并非只有跪着才能进去。
> 来吧,残暴的死神。
> 做我的曼陀罗,让我长眠。
> 去告诉我的兄长,等我死后,
> 他们便可安心用餐了。

以上是韦伯斯特的版本,下面是西奥博尔德的:

> 必须展现似是而非的正义吗?
> 哦,亲爱的安东尼奥,让你那游荡的灵魂来迎接我吧!

> 来吧，残暴的死神，
> 予我曼陀罗，让我长眠。
> 生前我身边遍布眼线。等我死后，
> 我那一心复仇的兄弟们便可安然入梦。
> 带我走向新婚之房，诸神会庇护我的儿子！
> 我来了，安东尼奥！
> 暴君慈悲，只将你我分离片刻，
> 他们怒火中假惺惺地准备见证我们永恒的婚姻。
> 我现在永远属于你了。

如果我们对西奥博尔德不满，那是因为修辞替代不了诗歌。

但我们应该根据西奥博尔德在序言中所作的承诺，来评判其表现。他做了两件事——一是在措辞过时之处提供"清晰的"表达；二是调整剧中的事件，保证时间、地点和情节的一致性。前文已经有足够的例子表明，就言语变化而言，西奥博尔德喜欢在那些黑暗，即使是浓重的哥特式黑暗，才更有意义的地方，将他的逻辑和修辞汇聚成光之洪流。但也许在西奥博尔德看来，比起用优雅的表述取代粗糙的语言，恢复"三一律"才是更为崇高的努力。毕竟，自德莱顿开始，"三一律"便成为了最激烈的战场，批评者们唇枪舌剑，针锋相对。在约翰逊出现之前，他们不会给予对手一丝一毫的仁慈。韦伯斯特被判定违反了时间和地点的统一，"他在年代（时间）和王国（空间）之间自由跳跃"。因此，西奥博尔德一定觉得自己的修改是合理的，他不让公爵夫人为安东尼奥诞下子嗣，也不让她逃往劳莱特圣母神殿。然而，以他对情节来源的了解，他应该知道韦伯斯特的错误（违反"三一律"）源于坚定地忠于历史记录。西奥博尔德是有理性的，他有理由认为某些内容有问题，比如死者的手、安东尼奥和孩子们的尸体，以及载歌载舞的疯子。然而，归根结底，结局还是美满的。这有什么道理可言吗？约翰逊认为《李尔王》的结局过于悲惨，但如果他真的用心读完《致命的秘密》，还会像保护泰特那样，为西奥博尔德辩护吗？我认为不会。如果说科迪莉亚的死给观众带来了不必要的痛苦，那么公爵夫人生命的终结不仅是韦伯斯特忠于原始资料的表现，也是一种释怀和解脱。在受尽"酷刑"之后，公爵夫人也会"憎恨那些让她活着的人，因为她将在这个残酷世界里遭受更多的折磨"。这种设定提升了结局的必然性，但不可否认的是，对于那些习惯了平静生活的温和之人而言，它有些过于强烈了。在移除这些设定并改写结局时，西奥博尔德所犯的过错也不小，他破坏了韦伯斯特作品中一个不容践踏的部分：气氛。这又是一个

第二章　作品的改编

"只见树木不见森林"的例子。

现在该提出这个问题了,哈里斯、泰特和西奥博尔德的改编对韦伯斯特在十八世纪初的声誉有何影响。先重述一下相关事实。截至1735年,韦伯斯特的三部戏剧,即《摘掉绿帽》《白魔》和《马尔菲公爵夫人》,各有一个改编的版本。在三部改编作品中,已有两部被搬上舞台,一部出师不利,铩羽而归,另一部虽有成功,但微不足道。①《致命的秘密》提及了韦伯斯特的名字,但另外两部改编的作品却是改编者以原创之名推出的。在涉及韦伯斯特的问题上,这三位改编者不尽相同。哈里斯在语言方面进行了大量的改动,甚至可以说他重写了剧本,但他细心地保留了韦伯斯特原著的结构。西奥博尔德修改了情节和语言,故意以"三一律"的名义对抗韦伯斯特,并用一种虚假的古典主义将他包裹,制成木乃伊。泰特既不喜欢讲寓言故事,也不喜欢听寓言故事,却对韦伯斯特表示了一定程度的尊重。

韦伯斯特的戏剧在十八世纪被改编,这表明他至少为少数人所知。然而,这些少数人在未对原作者提名致谢的情况下,心安理得地改编其作品,这使人们

---

① 西奥博尔德在自己的序言里写道:"……但当时的命运便是如此,那个季节温暖和煦,政局动荡,它受到赞扬,也惨遭抛弃。"

产生这样一种观点：韦伯斯特虽然为人所知，也同样不为人知。但事实并非如此，他戏剧的版本数量和演出次数便是证明。[①] 在1672年之前，《白魔》已印刷了四次（1612年、1631年、1665年、1672年）。在1708年之前，《马尔菲公爵夫人》再版了五次（1623年、1640年、1664年、1678年、1708年）。《阿庇乌斯与弗吉尼亚》的第一版于1654年出版，之后两次再版（1659年和1679年）。对韦伯斯特而言，十七世纪八十年代，即王政复辟不久，似乎是一段顺风顺水的时光。在此期间，《白魔》（1672年）、《马尔菲公爵夫人》（1678年）和《阿庇乌斯与弗吉尼亚》（1679年）的新版本相继出炉。因此，不能说韦伯斯特已经从大众的视线中消失了。

相关戏剧的演出记录进一步表明，他并非完全默默无闻。[②] 截至1661年，《白魔》至少上演了五次，而《马尔菲公爵夫人》则更受欢迎，到1707年底，该剧至少上演了八次。如果观众不知道剧作家的名字，就不可能强烈要求上演相关剧目。

但是，如果韦伯斯特的一些戏剧仍然被阅读和表

---

① 其他相关的内容，如词典、"生平"、选集和学术探讨，都将在第三章中进行论述。

② 参见附录。

第二章 作品的改编

演,我们如何解释哈里斯和泰特在出版改编自他的戏剧作品时,却都对他的名字缄口不提呢?原因可能是在十八世纪初,韦伯斯特的声誉主要建立在一部戏剧之上——《马尔菲公爵夫人》。卢卡斯①认为在1672年之前,《白魔》的受欢迎程度与《马尔菲公爵夫人》不相上下。这种看法可能是正确的,但奇怪的是,他基于各版本的印刷频率而得出结论,没有考虑演出的次数。但1672年之后,由于某些不为人知的原因,人们对艺术的鉴赏发生了变化,公众愈发喜爱《马尔菲公爵夫人》。在1672年至1708年间,《白魔》既未上演,②也没有新版本的问世。但在此期间,《马尔菲公爵夫人》经历了两个版本(1678年和1708年)和三场演出(1676年、1686年和1707年)。佩皮斯喜欢《马尔菲公爵夫人》,但不喜欢《白魔》。事实上,他在观看后者之后,觉得自己"一生中从未在戏剧中享受如此之少的乐趣"③。值得注意的是,在1698年,《马尔

---

① 前引书,第一章,第101页。

② 根据唐斯的记录,前引书,第9页,1662年至1682年间,基利格鲁公司在德鲁里巷上演了《维托里亚·科罗姆博纳》,但他对日期的记录并不清楚。我使用了佩皮斯关于1661年演出的记录,作为该剧的最后一次演出。因此,1672年之后,便再没有关于该剧的演出记录了。

③ 关于佩皮斯,参见《日记》,第二章,第114、116、348页;第六章,第48和53页;第八章,第165页和322页。此处引用自第二章,第114页,1661年10月2日条目。

菲公爵夫人》与莎士比亚的《亨利八世》一起遭到匿名攻击，理由是它们违背了"三一律"中关于时间的规定。① 这是韦伯斯特唯一一部在十八世纪初印刷并上演的戏剧。另一方面，《白魔》被遗忘得如此之快，以至于1731年，连菲尔丁（Fielding）都不知道自己在《大拇指汤姆》②中为了模仿和讥讽而引用的《受伤的爱情》里的段落其实都出自韦伯斯特之手，而非泰特所写。因此，我们有理由相信，在1744年，多兹利（Robert Dodsley）出版《往日戏剧》时将《白魔》收录其中，并非因为与更出名的《马尔菲公爵夫人》相比，他更喜欢这部作品，而是他在进行一场拯救。毕竟他的目标是"从彻底无人问津、湮没无闻的作品中，掬取老一辈戏剧作家的最佳之作"。至于西奥博尔德，由于他改编的是韦伯斯特一部比较出名的作品，所以也许不得不提及韦氏之名。《马尔菲公爵夫人》的最后一次上演可能仍被铭记，正如其最后一个版本仍被传阅。我们不质疑西奥博尔德的学术诚信，而只是表明，

---

① 匿名，《戏剧诗的辩护：对科利尔先生观点的评论》（1698年），摘自英格尔比（Ingleby）、史密斯（Smith）、弗尼瓦尔（Furnivall）、芒罗（Munro）编写的《莎士比亚典故》，2卷本（1909年），第二卷，第413页。

② 第二版（1731年），《关于H. 斯克里贝莱鲁斯·塞昆德斯的注释》。

他所处的位置也许并没有那样羡煞旁人，因为他不得不与《马尔菲公爵夫人》已然在外的名声博弈。而哈里斯和泰特则不然，他们可以在《摘掉绿帽》和《白魔》相对的默默无闻中掩盖自己借他人作品而上位的尴尬。

第三章　书商、学者、选集编者

第三章 书商、学者、选集编者

在十八世纪的历史中到处寻找韦伯斯特的名字，大体上是一段枯燥乏味却也并非毫无收获的历程。在最初的三十年里，人们几乎始终置身于枯燥的书目和清单之中。沿途倒是有泰特和西奥博尔德那些令人欣慰的改编作品，但在它们之间却是绵延数英里的荒漠，只有米尔斯（Mears）和菲尔斯（Feales）这些出版商的剧目单曾打破这种阻隔。但它们无须引起我们特别的关注。W. 米尔斯的目录被冠以"真实""准确"及"完整"等不同称谓①，于1713年开始出版，历经1715年和1719年，直至1726年。最初的目录只是按字母顺序编排的剧目清单，随后在1715年增加了一页。然而，在1719年和1726年的目录中，出现了两个新特征。第一，作者被单独列出，而在他们名字的下方，则罗列了出自他们之手的戏剧。第二，新增了一系列符号，用来标记"哪些戏剧掌声雷动，哪些戏剧从未上演"。因此，在韦伯斯特的名字下方，我们找到了六部戏剧，但其中只有两部——《马尔菲公爵夫人》和

---

① 《所有曾经用英语出版过的戏剧的真实且准确的目录》（1713年），《截至1715年10月的戏剧目录续篇》（1715年），《所有曾经用英语出版过的戏剧的完整目录》（1719年），《所有曾经用英语出版过的戏剧的完整目录》（1726年）。

《色雷斯奇迹》——带有"星标",表示演出大获成功。1732 年出版的 W. 菲尔斯的目录,标题中也带有"真实且准确"的字样,[①] 似乎受到米尔斯早期尝试的启发。在目录的开头,有同样的注释,用以解释所用的符号,但菲尔斯并不倾向于记录某部戏剧成功与否,而只是用星号来区分"上演剧目"。但由于完全没有记录作者的姓名,这些目录毫无价值。我们由此得出结论,无论是米尔斯还是菲尔斯,都没有在朗贝恩目录的基础上添加有价值的资料。

吉尔斯·雅各布(Giles Jacob)也追随朗贝恩的脚步,但提供的不只有戏剧的上演目录。在 1719 年出版的《诗人名录》中,雅各布重提"英国戏剧诗人的生活和性格",并将其作为副书名。雅各布声称,他听取了康格里夫(Congreve)的建议[②],并参考了"许多古老的戏剧目录"[③]。但即便如此,他对韦伯斯特的描述,除了按时间顺序重新编排了剧目之外,实质上与吉尔登留给我们的内容并无二致。他继续讲述了由吉尔登首次提起的那个关于圣安德鲁斯教区书记员的故事。在序言中,雅各布提到了朗贝恩,但他并没有坦

[①] 《所有曾经用英语出版过的戏剧及相关作品的真实且准确的目录》(1732 年)。

[②] A8 签名页。

[③] A7^v 签名页。

率地承认自己受惠于朗贝恩，而是抱怨朗贝恩的渊博学识令人反感："他关于作品情节来源的臆测有些过于天马行空了，他自己读了很多书，便以为其他人也读过。"① 但雅各布自己的问题"语法之灾"，恰恰是源于他读的书不够多。例如，由于他懒得去查看过往戏剧的扉页，结果将出版日期误认为演出日期。而他的读者如果不小心的话，很可能也会犯同样的错误。这是雅各布对《白魔》的描述：

《白魔：布拉基亚诺公爵 P. 佐丹奴·乌尔西尼的悲剧与威尼斯名妓维托里亚·科罗姆博纳的生死》，于 1612 年在德鲁里巷的凤凰剧院首演，随后由国王仆役团在皇家剧院上演。

将这些信息与吉尔登抄写的朗贝恩的目录进行比较，我们发现雅各布在誊抄源文件时，故意省略了"1612 年"后面的"四开本"一词。说他是"故意"的，是因为在整本书的相关记录中，他都忽略了图书开本的信息。在这件事上，无论是怪罪雅各布该写不写的无知也好，还是谴责读者该懂不懂的愚钝也罢，结果都是一样的：这些疏漏导致了混乱。

---

① A7^v 签名页。

混乱并非臆测,而确实是雅各布遗留的错误,这一点可以在莫特利(John Mottley)和切特伍德(Chetwood)的汇编中得到证明。约翰·莫特利通常被认为是《戏剧作家完整名单及其生活记述和截至1747年所有曾经用英语出版过的戏剧作品清单》的作者。① 该清单被附在托马斯·温科普(Thomas Whincop)于1747年出版的《斯坎德伯格——爱与自由》之后。就莫特利对韦伯斯特的描述来看,他显然是沿用了雅各布的版本,因为他也省略了"四开本"等内容:

> 《白魔:布拉基亚诺公爵P.佐丹奴·乌尔西尼的悲剧与威尼斯名妓维托里亚·科罗姆博纳的生死》,于1612年在德鲁里巷的凤凰剧院首演,随后由国王仆役团在皇家剧院上演。

在誊写的过程中,拼写和标点符号发生了细微的变化,但再也找不到比这更好的逐字誊抄版本了。莫特利对韦伯斯特批评没有任何新贡献,他对这位剧作

---

① 奥尔迪斯在他抄写的朗贝恩目录中指出,莫特利是《生活记述》的作者。索恩·德鲁里(Thorn-Drury)在他抄写的莫特利目录的一条注释中,基于第264页中关于约翰·莫特利的描述,以及"大量与他的家庭不相关的细节",论证了莫特利的作者身份。

家的认知完全来自雅各布。

至于威廉·鲁弗斯·切特伍德（Willian Rufus Chetwood），我们有理由期待他能做得更好。鉴于他曾在德鲁里巷的皇家剧院担任提词员多年，而且早在1749年就写过《舞台通史》，他本可以从雅各布之外的其他资源获取有关韦伯斯特作品的信息。对于詹姆斯一世时期的剧作家，他如数家珍。在《舞台通史》中，他提到了马辛格（Massinger），还颇为详尽且满怀热情地讨论了海伍德。① 然而，在1750年出版于都柏林及1752年出版于伦敦的《英国剧院》一书中，切特伍德只用以下寥寥数笔描述了韦伯斯特：

> 这位作者被视作一位不错的诗人，并受到同时代作家的高度评价，因为他与德克尔、马斯顿和罗利共事。他创作的戏剧有：
>
> 1.《白魔：布拉基亚诺公爵P. 佐丹奴·乌尔西尼的悲剧与威尼斯名妓维托里亚·科罗姆博纳的生死》，1612年。

等等。与之相比，这是《诗人名录》中对应的部分：

---

① 第17-19页。

> 这位作者与德克尔、马斯顿和罗利处于同一时代，并与他们一同创作了几部戏剧作品。他是霍尔本圣安德鲁斯教区的书记员，在当时被认为是一位表现尚可的诗人。

我们注意到，除了将"不错"（good）替换为"表现尚可"（tolerable）之外，切特伍德重新排列了雅各布的语句，并对此感到满意。正如雅各布拆解了吉尔登和朗贝恩的记录一样，切特伍德也拆解了雅各布的记录，他在标题中删去了关于表演地点和剧团的信息——比如，"在德鲁里巷的凤凰剧院首演"等——这样就能避免重蹈雅各布的覆辙，不会导致读者将出版日期误认为演出日期。一个简化的过程已经开始。朗贝恩的目录在吉尔登、雅各布、莫特利和切特伍德的手中经历了一系列的删减工序，更不用说那些被书商雇用的编目员了。到如今，朗贝恩的目录只剩一副骨架，他渊博的学识被剥离，其文学史家的尊严也荡然无存。首先，吉尔登删去了朗贝恩的引文。随后，雅各布删去了朗贝恩最原创的部分，即他对情节来源的注释。此外，雅各布还做了一些小删减，去除了关于各版本开本的信息，而莫特利和切特伍德则兴致勃勃地延续了这种做法。现在，切特伍德甚至连扉页上的一些信息都要删去，不再保留有关戏剧首演地点和首演参演者的信息。朗贝恩非常在意保持准确的重要性，并在誊抄之前的剧本时细致审慎，但最终却变成了这样的结果。韦伯斯特在这种简化过程中遭受了影响。雅各布和莫特利只称他为"一位表现尚可的诗人"，切特伍德则居高临下，认为他还"不错"。但无论是"表现尚可"还是"不错"，都与朗贝恩认为他是"杰出诗人"的评价相去甚远！

然而我们关于切特伍德的讨论还没有结束。他的拼写也很有趣。例如，他将"contemporary"一词拼写为"Cotemporary"，这在本特利看来是一种"彻头彻尾的野蛮行为"。《白魔》的副书名里也有类似的情况，"or the Tragedie of P. Gordiano Ursini, Duke of Brachiano, wythe the Lyfe and Deathe of Vittoria Corombona, the famouse Venetian Courtezan, 1612"。将"Gordiano"拼写为"Giordano"，切特伍德遵循了莫特利的先例①。但朗贝恩、吉尔登、雅各布以及莫特利都没有使用"Tragedie"这种拼写方式。而"wythe the Lyfe and Deathe"的拼写则是切特伍德独家原创的，可谓史无前例。切特伍德肯定属于那种没什么文化，却又装出一种仿古做派的人。我们还可以找到其他例证，比如，他将韦伯斯特下一部剧《魔鬼的诉

---

① 参见引用自莫特利的内容，见上文第112页。

讼》的副书名写作"or when Women go to Law, the Devile is fulle of Business",而在1623年的第一版也是唯一的版本中,其写法是"or, When Women goe to Law, the Deuill is full of Businesse"。可见"Devile"和"fulle"的拼写方式是毫无根据的。

关于韦伯斯特的相同记述也出现在另外两部汇编中,即1756年的《戏剧记录》和《戏剧作家及其作品清单》,后者与1756年的《为科利·西伯的生平辩护》第四版装订在一起。如果将这些作品与切特伍德的进行比较,就会发现它们只是《英国剧院》的重印版。在这三部作品中,关于韦伯斯特的记述是完全相同的,切特伍德的拼写特征也都原封不动地出现在了这两份匿名汇编之中。①

在珀西、加里克(Garrick)、卡佩尔(Edward Capell)和史蒂文斯(Steevens)眼中,切特伍德是一

---

① 史蒂文斯和珀西都在自己对《戏剧记录》的批注中指出,该汇编的作者是切特伍德(博德利安·马龙,第836页和珀西,第32页)。然而,*CBEL*(第二章,第96页和第394页)和《英国文学匿名和假名词典》(肯尼迪、史密斯和约翰逊编纂,7卷本。[爱丁堡,1926-1934年],第6卷,第22页)则认为该汇编出自出版商罗伯特·多兹利之手。

个卑鄙的人[1]，但即便如此，我们也不能与他割席。当我们看到切特伍德那些奇怪拼写再次出现在第一本重要的戏剧作家词典中时，着实会大吃一惊。该词典名为《剧院指南——自戏剧展演伊始至1764年，以词典形式记录大不列颠及爱尔兰所有戏剧作家（及其作品）》，共两卷，1764年出版。该词典由大卫·厄斯金·贝克（David Erskine Baker）编撰，但他的名字没有出现在扉页上。两卷构成了两个独立的部分，第一卷记录戏剧，第二卷则记述剧作家的个人情况。贝克接触了伊丽莎白时代的学术作品，有两件事可以佐证：他自己的衍生作品《简述英国舞台的兴起与进步》[2]和老乔治·科尔曼（George Colman the elder）的一篇题为《对过往英国戏剧作家的批判性反思》的文章中的部分内容。这两篇文章都收录在第一卷的开头。科尔曼的文章早在1761年托马斯·考克斯特（Thomas Coxeter）整理的马辛格的作品中就已出现，它虽然揭示了科尔曼对伊丽莎白时代戏剧的了解，但对韦伯斯特却未置一词。因此，我们必须回到贝克对韦伯斯特

---

[1] 史蒂文斯称他为"最臭名昭著的骗子"。珀西则记录了卡佩尔和加里克如何挑战切特伍德，要求他拿出那些他归于莎士比亚但其实并不存在剧本。

[2] 在这里，贝克重复了多兹利于1774年所写的内容，见下文第146页。

的记述。与之前的汇编一样,贝克将六部戏剧列在约翰·韦伯斯特名下,他这次破例无视切特伍德,且附和了雅各布和莫特利的说法,称韦伯斯特为"一位表现尚可的诗人"。但贝克将前两部剧的剧名写为:

1.《白魔:布拉基亚诺公爵P.佐丹奴·乌尔西尼的悲剧与威尼斯名妓维托里亚·科罗姆博纳的生死》,1612年。

2.《魔鬼的诉讼:当女性诉诸法律,魔鬼便应接不暇》,悲喜剧,1623年。

其中诸如"Gordiano"、"Tragedie"、"wythe the Lyfe and Deathe"、"Deville"(与"Devile"略有不同)、"fulle of Business"等拼写方式都是十足的切特伍德风格。除了最后两部戏剧之外,切特伍德列出了其他戏剧的日期,因此对于《色雷斯奇观》和《摘掉绿帽》后面的日期,贝克也只能空着。事实上,对切特伍德的原文,贝克基本上都如实保留了,甚至剧名中使用斜体的部分都大致相同。

但是,在第二卷的记述(显然是从切特伍德那里抄来的)旁边,同样出现了第一卷中按字母顺序排列的剧目清单。然而在此处,贝克不再受那位德鲁里巷老提词员的拼写方式的影响,他变成了朗贝恩的同道中人，更确切地说是吉尔登版的朗贝恩。虽然与两者不尽相同，贝克只提供了戏剧首版的信息，但他不仅注明了日期，还写明了开本——自吉尔斯·雅各布的《诗人名录》问世以来被无情删减的"四开本"等无害描述被恢复了。此外，他还注明了情节来源，并试图将最新的可用信息纳入其中。例如，对于《马尔菲公爵夫人》的来源，贝克在西奥博尔德首次发现的基础上添加了如下信息，"洛佩·德·维加创作了一部同主题戏剧，名为《马尔菲公爵夫人的管家》"[1]。但就在前一行，他插入了一句奇怪的评论，"故事发生在马德里，在历史上为人所熟知"。从这句话的位置来看，它显然是指韦伯斯特的意大利戏剧，而不是那位西班牙人的作品。贝克之后的编者艾萨克·里德（Isaac Reed）[2]和斯蒂芬·琼斯（Stephen Jones）[3]重复了这个错误，这表明即使对于素质过硬的学者而言，编纂仍然是一项艰难的工作。但对我们来说，最有趣的是书中这一部分所列的戏剧名。它们那么与众不同！我们分别以《白魔》和《魔鬼的诉讼》为例：

---

[1] F6 签名页。
[2] 《戏剧传记》，新版，2 卷本（1782 年），第 2 卷，第 96 页。
[3] 同上，新版，3 卷本（1812 年），第 2 卷，第 181 页。

《白魔：布拉基亚诺公爵 P. 佐丹奴·乌尔西尼的悲剧与威尼斯名妓维托里亚·科罗姆博纳的生死》，悲剧，约翰·韦伯斯特著，四开本，1612 年——意大利戏剧。

《魔鬼的诉讼：当女性诉诸法律，魔鬼便应接不暇》，悲喜剧，约翰·韦伯斯特著，四开本，1623 年——一部优秀的戏剧，大获成功——罗维利奥恶意刺伤康塔里诺，但其实是为了保护他，这一情景似乎借鉴了费莱乌斯·贾森的故事情节，参见《瓦莱里乌斯·马克西穆斯》，第一卷，第八章。

将这些剧名与同一本书中传记部分的内容进行比较之后，我们不禁思考为何会出现如此明显的不一致。这不可能是贝克誊抄扉页时的粗心大意所致；切特伍德滑稽的古体拼写此处被弃如敝履，彼处却被奉若圭臬。这也不可能是贝克誊抄了后续版本的扉页所致，因为每项条目最后的日期都指向第一版。所以答案只有一个：贝克在不同的地方使用了不同人的表述方式。

因此，这部"词典"的内容质量是参差不齐的，但这并不影响它成为十八世纪下半叶到十九世纪初的重要参考文献。约瑟夫·里特森（Joseph Ritson）于1802 年撰文，表示贝克的作品就是他在自己的《诗歌

第三章 书商、学者、选集编者

传记》中不提及戏剧作家的原因。① 这里里特森指的是《戏剧传记》，即《剧院指南》后续版本的书名。《剧院指南》于1764年出版后，在不到五十年的时间里就经历了多次版本更新，很多知名学者都参与了相关的编写工作，这也进一步证实了该书的价值和受欢迎程度。1782年，艾萨克·里德，"一位对十七、十八世纪英国文学史了如指掌的高尚人士"（此为马龙的评价）②，不辞辛苦地对这本书进行校订。史蒂文斯对新版本也有贡献，③但正是里德本人确保了整个编订工作的彻底性和可靠性。在引言中，他更新了贝克对戏剧舞台的描述，此外，还回顾了自朗贝恩以来的早期编目者的作品④。然而，在关于韦伯斯特的记述中，他只添加了少许信息，即该剧作家是"泰勒斯商业公司的雇员"。我们本希望里德能将其写得更加饱满，因为

---

① 第 ii 页。

② 马龙的手写注释位于他抄录的里德版本的衬页上，该书现藏于牛津大学图书馆（马龙，第154-157页）。

③ 里德删掉了一些由史蒂文斯执笔的段落。参见劳伦斯·F. 鲍威尔，《乔治·史蒂文斯和艾萨克·里德的〈戏剧传记〉》，*RES*，第5卷第19期（1929年7月），第288-293页；第6卷第22期（1930年4月），第186页。

④ 里德提到的书籍中，只有1714年的米尔斯目录尚未找到，他可能是将1713年误写为1714年，但自己却没能发现。

他之前在编纂多兹利的《往日戏剧》①时，就已在《白魔》前面的韦伯斯特传略中加入了许多新信息。不过，里德可能觉得自己受限于贝克的原文，而且无论如何，他也并非无功：如果说鉴于他的学识，他对传记部分的贡献着实有些令人失望的话，那么他也设法对书目部分——按字母顺序排列的剧名——进行了充分修正，在贝克提供的首版基础上，他尽其所知，添加了全部后续版本。例如，对于《马尔菲公爵夫人》，里德注明了1623年和1640年的版本，并在下方单独列出了1678年的版本。然而，正如前文所说，他没有更正贝克的错误表述——"故事发生在马德里"。总体而言，在《戏剧传记》的编订工作中，里德脱颖而出，成为"在使戏剧参考书目井然有序方面贡献最多的人"②。随后斯蒂芬·琼斯接手了里德的工作，由他编订的第三版《戏剧传记》于1812年出版，共三卷（原来的第一卷被一分为二）。尽管琼斯在《季刊评论》中获得了差评，③并且从切特伍德甚至菲利普斯那里继承了诸多错误（也许是无意的），但这个版本还是成为贝克作品

---

① 《老戏剧选集》，12卷本，第二版（1780年），第6卷，第235页及后续页。

② W. W. 格莱戈，《戏剧文献学笔记》，《马龙社会文集》（1911年），第1卷，第四和第五部分，第339页。

③ 《季刊评论》（1812年6月），第282-292页。

最权威的版本，时至今日依然有参考价值。琼斯延续了里德对戏剧书目界前辈的批评，并将相关论述收录于1801年出版的《贝克对埃格顿〈戏剧回忆录〉的续编》。与早期版本一样，第三版的"词典"也分为两部分，作家传记和戏剧目录，两者均按字母顺序排列。在记述韦伯斯特和他的戏剧时，斯蒂芬·琼斯基本与里德保持一致，但在传记部分，琼斯增补了1624年的《盛大庆典》以及合作戏剧《托马斯·怀亚特爵士》。在按字母顺序排列的剧目表中，1678年版的《马尔菲公爵夫人》仍被单独列出，并附有说明"这是由韦伯斯特的戏剧改编而成的舞台剧"，故事仍发生在"马德里"。

贝克的作品激发了众多的效仿者，也因此而闻名。有些作品的标题本身就带有模仿的痕迹。例如，1779年出版的《剧院袖珍指南：剧场手册》，仅包含剧作家的作品清单，按字母顺序排列，没有任何传记方面的细节。[①] 1788年，约翰·埃格顿的《戏剧回忆录》问世，该书是日后很多汇编的鼻祖，例如1801年的《贝克对埃格顿〈戏剧回忆录〉的续编》、1803年的《贝克戏剧完整列表》和1814年的《戏剧记录：贝克戏剧列表》。鉴于准确性和趣味性，原版还是比仿写版更受

[①] 给《马尔菲公爵夫人》标注的日期是1709年，但其实应该是1708年的四开本。这可能是贝克的错误，他对该剧进行了批注，"经过一些修改后于1709年重新上演"。

青睐。在启事中,埃格顿谈到了他对《戏剧传记》的借鉴,但他声明自己在汇编时,"带着不同的观点,为着不同的目的,所以二者(指埃格顿自己的作品与贝克的作品)几乎不会互相干扰"。主要区别在于对作者进行排序时,埃格顿遵循的是时间顺序,而不是传统的字母顺序,但他没有对作者进行任何评论,既无生平记录,也无批评观点,所以这只是一个简单的作品清单。像往常一样,韦伯斯特有六部戏剧,各个版本的日期都正确无误,1655年四开本的《阿庇乌斯与弗吉尼亚》是唯一的例外。[①] 此外还有一个新条目,"纳入了马斯顿的《不满者》,四开本,1604年"。埃格顿并非首位提到这一点的人,正如艾萨克·里德在1780年编订多兹利作品时所指出的那样[②],但是他是首位在戏剧书目中使用这些信息的人。埃格顿也见证了当时大众对戏剧的喜爱。他写道:"现在人们非常关注戏剧作品,这是前所未有的。"尽管人们有理由质疑,他怎么如此肯定伊丽莎白时代的民众对戏剧没有这样的热情和兴趣。但事实上,大量戏剧手册和指南的问世正好印证了他的观点。在埃格顿之后,除了贝克对其作

---

① 对于1655年四开本的《阿庇乌斯与弗吉尼亚》,如果对其真实性存疑,请参阅前文第55页的注释。

② 前引书,第六章,第236页。

品的续编，1792年出现了《新戏剧词典》，它以里德的版本为基础，经过删节而成，1802年和1805年出现了《戏剧词典》，1808年出现了《戏剧品鉴》，然而后两部作品中没有任何关于韦伯斯特的内容。韦伯斯特也没有出现在埃格顿·布里奇斯爵士未编纂完成的《戏剧诗人》中①，该书于1800年出版，实为一部新作品，其序言不仅是迄今为止对戏剧书目的最佳记录，也是对诗人传记、诗歌选集、诗歌艺术论文，乃至英国诗歌史的最佳记述。在原版《戏剧诗人》中，菲利普斯对韦伯斯特的描述可谓敷衍了事，而看看布里奇斯爵士进行了怎样的修改，也未尝不是趣事一件。

然而，如果不对莎士比亚的编者爱德华·卡佩尔进行特别关注，那么对十八世纪戏剧编目者的探讨便是不完整的。1783年，《莎士比亚注释及各种读本》问世，② 在其第三卷所附的"戏剧通报"中，卡佩尔开创了一个全新的领域，一个贝克、里德及他们的模仿者

---

① 1800年的版本里没有关于韦伯斯特的内容。在1824年出现过一个版本，由私人在日内瓦印制，但"在前一版中，我对第1卷的内容进行了增补，但对于第2卷，我没有那样做"（序言，第VIII页）。关于韦伯斯特的记录应该出自菲利普斯的重印版。

② 关于日期的问题，参见格莱戈《戏剧文献学笔记》，引自第337–338页以及乔治·C. 泰勒《爱德华·卡佩尔〈莎士比亚的笔记及各种阅读材料〉中的日期》（第2卷），*RES*，第5期（1929年），第317–319页，其中也包含对其他两卷中日期问题的探讨。

都未曾涉足的领域。卡佩尔不仅提供了四张表格（按字母顺序排列的剧目表、将作品已被汇编的剧作家按字母顺序排列的表格、按字母顺序排列的作者姓名表，以及按时间顺序排列的作者姓名表和匿名剧目表），而贝克学派中最优秀的人也只给出了两张表格，而且他以史无前例的审慎和细致，在每一部戏剧下方注明了他所知的各个版本的出版日期和版本说明。例如，对于1659年四开本的《阿庇乌斯与弗吉尼亚》，他是迄今为止唯一一位正确记录相关信息的人。至于他对韦伯斯特其他戏剧作品的记述，也没有产生任何争议。他书写的内容准确无误，只有那些对历史有错误认知且过分挑剔的学究才会指责他，理由是对于1672年版的《白魔》和1678年版的《马尔菲公爵夫人》，他遗漏了一些微不足道的信息。鉴于他的这部巨著里有大量精细的交叉引用，他不仅要书写关于韦伯斯特的内容，还要记录上百位老剧作家的信息，出现这种遗漏情有可原。在序言中，卡佩尔虽会含糊其词，但其中两份剧目名单反映了他对莎士比亚同时代作品的评价。在第一份名单里，卡佩尔罗列了他个人认为确实还不错的戏剧，共有32部，韦伯斯特的《摘掉绿帽》名列其中。韦伯斯特获得的更高荣誉在于他的《白魔》被列入了第二份名单，其中除了琼森、贝蒙特和弗莱彻的公认杰作之外，其他上榜剧作也超越了第一份名单上的任何作品，并且"确实值得拥有一位严苛的出版商，因为只有这样，才能彰显它们在各个方面的美感和意义：可与他（莎士比亚）的卓越相媲美"。值得注意的是，《马尔菲公爵夫人》并未上榜，但在韦伯斯特的六部戏剧①中，有两部在最高戏剧成就的名单中占一席之地，这足以说明，在卡佩尔的心中，有一个温暖的角落是留给韦伯斯特的。

由此可见，韦伯斯特并未被十八世纪的戏剧编目者所忽视。但在这些人中的名声充其量只是小圈子里的名声，这些书目和"传记"也并非为大众读者而编写。然而，幸运的是，在该世纪兴起了一股汇编诗歌杂集之风，其中经常包含戏剧诗人的作品，甚至还有专门介绍"英国舞台之美"的选集。在多兹利的《往日戏剧》开创了这一风尚之后，伊丽莎白时代的完整戏剧也开始出现在选集中。

第一个将伊丽莎白时代主要及次要剧作家的戏剧诗歌都编入选集的人可能是约翰·科特格雷夫。编纂选集无疑是科特格雷夫的专长，因为"J. C."这个名字也出现在《智慧译者：英格兰的诗坛巅峰》（1665年）和《缪斯之妻：奇思妙想的宝库》（1660年）的扉

---

① 我将《色雷斯奇观》也算在内，因为在卡佩尔生活的时代，人们认为它也是韦伯斯特的作品。

页上。这些只是模仿了它们之前的同名作品。但科特格雷夫于1655年出版了《英语智慧和语言宝库：精选自英国最佳戏剧诗作》，其重要性远远超出了其宣称的内在价值。虽不乏缺点，它还是在许多方面为后来的戏剧诗歌选集树立了典范。它专门致力于戏剧诗歌的收集，而早期的选集如《英格兰的诗坛巅峰》主要由更高贵的宫廷诗人的诗歌选段，甚至是单行诗句组成。它从韦伯斯特、马斯顿、德克尔、图尔内尔以及莎士比亚、琼森、贝蒙特和弗莱彻的作品中汲取素材。在编排上，它使用了除兰姆之外的几乎所有十八世纪札记书编纂者注定会采用的形式，即将选段置于按字母顺序排列的主题词下，包括从"事件"（Accident）、"行动"（Action）、"逆境"（Adversity）到"战争"（War）、"女性"（Women）、"世界"（World）等。当然，这是十七世纪选集编纂者常用的手法，但科特格雷夫是第一个将其用于戏剧选段的人。就连他的批评者，如威廉·奥尔迪斯和托马斯·海沃德，也觉得采用这种方法很方便；事实上，这是科特格雷夫唯一没有被其后继者质疑的地方。显然，对于一本摘录精选佳句的札记书来说，这并不是最糟糕的编排方式，尽管它也必然导致一种碎片化地欣赏诗歌的方式的产生。然而，使科特格雷夫作为老戏剧的忠实拥护者的名誉受到质疑的是，他完全没有给出所选段落的作者。在每项条

第三章 书商、学者、选集编者

目下面,既无作者名字,又无戏剧名。因此,这部选集无法证明剧作家的个人声誉,甚至无法证明他们作为一个群体的声誉。尽管阅读和背诵札记书是当时的一种习惯,但这本书的流行程度无从得知。科特格雷夫颇为得意地谈到了第二版,① 然而,它却从未出版,这让近一个世纪后的奥尔迪斯非常满意。② 因此,我们只能根据他引用剧作家的频率来猜测科特格雷夫本人对这些剧作家的看法。识别这本选集中包含的1685个段落将是一项艰巨且可能没有回报的工作,③ 但对我们来说幸运的是,大英博物馆和牛津大学图书馆都有《英语智慧与语言宝库》的藏本,上面有几条十七世纪的手写注释,标出了绝大多数选段的作者。根据这些注释的统计数据,经核对,从韦伯斯特的4部剧中引用了104条,从莎士比亚的27部剧中引用了154条,

---

① 科特格雷夫在《致尊敬的读者》中说:"如果这本书得到世界的认可,让我那能干而富有智慧的书商朋友从中受益,我可能会备受鼓舞,如果我的闲暇时间允许的话,在这方面我会继续尽我所能,就像以前那样。"

② 见他在《英国缪斯》中的序言,第 xiii 页。

③ 这些数字,以及第130页的表格,均来源于本特利(G. E. Bentley)的文章《约翰·科特格雷夫的〈英语智慧和语言宝库〉与伊丽莎白时代的戏剧》(1943年4月),*SP*,第40卷,第186-203页。然而,我在他们的基础上增加了第309-311页的内容,这些内容在本特利教授看到的版本中是缺失的。总数减少了一个,因为本特利教授在缺失的页面上统计了11条引用,而实际数字是10条,前4行是第308页上最后一条引用的延续。

从琼森的 11 部剧中引用了 113 条，从贝蒙特和弗莱彻的 40 部剧中引用了 112 条，从查普曼的 10 部剧中引用了 111 条，从富尔克·格雷维尔（Fulke Greville）的 2 部剧中引用了 110 条。查普曼的突出地位是可以理解的，他的非戏剧诗作数量足以使人对他的戏剧产生信心。然而，布鲁克勋爵，即富尔克·格雷维尔的突出地位着实令人惊讶，本特利教授曾试图解释这一点，他认为格雷维尔的散漫风格和押韵诗句更容易被美文选编者相中。或许还有另一个原因，就是这位勋爵笔下的人物在危急时刻的慷慨陈词和警句风格。在次要作家中，韦伯斯特名列前茅，他的《马尔菲公爵夫人》在被引段落最多的单部剧作名单中位列第三——前两部分别是格雷维尔的《阿拉罕》和《穆斯塔法》：

剧名	段落数量	剧名	段落数量
阿拉罕	63	复仇者的悲剧	25
穆斯塔法	47	菲洛特斯	24
马尔菲公爵夫人	40	魔鬼的诉讼	23
白魔	36	阿格劳拉	22
卡提琳	33	女人的奇迹	19
西亚纳斯	28	哈姆雷特	18
拜伦的阴谋	27	残忍的兄弟	17
布西·丹布瓦的复仇	27	破碎的心	16
诚实的妓女	26	布伦诺尔特	16

虽然看到韦伯斯特的排名令人欣慰，但人们也不

第三章 书商、学者、选集编者

禁要问,这个有趣的表格到底有多重要。当然,韦伯斯特剧作较少的事实可以突显出他被引用的数量之多,但或许我们也可以提出一个观点,即正是由于他的作品较少,那些为数不多的戏剧中的任何一部一旦被引用,那么被引语录的数量肯定比从莎士比亚的任何一部剧中引用的多得多,因为莎士比亚的作品数量众多,选录者无法将目光聚焦于任何一部特定作品上。最后,正如前文所指出的,选集中未提供段落作者,这一事实使我们不愿将科特格雷夫视为韦伯斯特通往更高声誉道路上的一个重要里程碑。

威廉·奥尔迪斯曾同时拥有《英语智慧与语言宝库》的两个注释本,[①] 具有讽刺意味的是,他最终成为这本书最严厉的批评者。他称这本书为"一个

[①] 关于大英博物馆的藏本,详见已引用的本特利的文章。在牛津大学图书馆藏本的空白页上,弗朗西斯·道斯写道:"这是奥尔迪斯先生的藏本,上面有他手写的附加内容。详见《文学奇趣》第3卷第317页。"但是这些注释展示了不止一人的笔迹。这里可以指出的是,牛津大学图书馆的藏本比博物馆的藏本保存得更好。本特利教授看到了博物馆藏本的复印件,博物馆藏本中缺失的最后三页在牛津大学图书馆藏本中是完整的,手写注释同样丰富而准确。我已经核实了所有被注释者归属于《马尔菲公爵夫人》的段落,但没有发现一个错误的归属。根据本特利教授指出的大英博物馆注释者所犯的少数错误,在两个例子中,即《北方女佣》第48页和《威尼斯商人》第171页,牛津大学图书馆的注释是正确的。但有迹象表明有一到两种笔迹书写了两个藏本的注释。

比《英格兰的诗坛巅峰》更不明智的作品。首先,作者在整本书中没有在任何选段上附加诗人的名字,甚至也没有在书的开头列出作者名单"。根据奥尔迪斯的说法,第二个缺陷在于选取的段落仅来自少量剧本。这些论述连同一份关于早期选集和札记书的学术调查,一起出现在他为托马斯·海沃德的《英国缪斯》(British Muse)所写的前言中。这本书共三卷,于1738年出版,全名为《英国缪斯:十六和十七世纪崛起的英国诗人之道德、自然与崇高思想集锦》。顾名思义,这是另一本诗歌选集。选集中包含了斯宾塞、丹尼尔(Daniel)、丹厄姆(Denham)、多恩(Donne)、李利(Lyly)、卡鲁(Carew)、萨克林(Suckling)、毕肖普·金(Bishop King)的作品选段,还有布朗(Brown)的《牧歌》,以及德雷顿(Drayton)的《理想》《贵族战争》和《法官镜鉴》的选段,但出自老剧本的段落占主要篇幅。事实上,这本选集的特点就在于其具有古文研究性质,并且着重强调戏剧诗人。复辟时代之后的诗人没有入选,包括当时大多数诗歌选集中最受欢迎的弥尔顿和考利。本选集的前言不仅热情赞扬了戏剧诗人,同时也批判了托马斯·博德利爵士,因为他拒绝让剧本进入牛津图书馆,而戏剧诗人正是本书主题中"美好"和"启蒙"思想的主要提供者。编者把目标范围扩展得很广泛,声称为编撰这本选集已阅读了四五百部剧本。他甚至从喜剧中选取出散文段落，然后将其按照诗歌的形式排版印刷，据他所言，这样做是为了避免"散文的排版形式可能会让读者看着不舒服"。这是一种奇特的排印审慎行为，科特格雷夫此前也有过类似做法，不过可没有这般巧妙又别出心裁的解释。与科特格雷夫不同，现任编者在每个选段下不仅标出了作者姓名，还注上了具体出处。抄录工作做得很仔细："没有……二手资料，所有段落皆从原作中誊抄而来。"然而，尽管有这种学术严谨，选集的形式（若不是精神）仍然保留了科特格雷夫的风格：选段经"消化"①被置于按字母顺序排列的主题词下，不过每个主题词下的引文首次按时间顺序呈现。

就这样，韦伯斯特像伊丽莎白时代其他戏剧作家同行一样，再次被迫踏上了一段冒险之旅，从逆境（Adversity）、通奸（Adultery）、愤怒（Anger）到匮乏（Want）、智慧（Wisdom）、女性（Women），逐站跳跃。但能够在这个"美文"世界中旅行也算是不小的荣耀了，如果我们可以再次搁置赏诗雅趣，仅以冰冷生硬的数字来衡量，就会发现，韦伯斯特在英国缪斯

---

① 指编者的理解、整理、编排。——译者注

等级体系中占据的绝非低位：①

姓名	所涉及作品数量	选取的段落数量
莎士比亚	40 部（包括 6 部伪作）及 2 部合著	427
达文南	15 部及诗歌	222
琼森	15 部及 2 部合著，及诗歌、假面剧等	199
查普曼	12 部及 3 部合著	134
贝蒙特和弗莱彻	40 部	118
马辛格	14 部及 3 部合著	104
布鲁克勋爵	2 部及诗歌	99
韦伯斯特	3 部及 2 部合著	93
米德尔顿	12 部及 3 部合著	92
谢利	31 部	86
马斯顿	8 部	80
图尔内尔	2 部	50
德克尔	5 部及 1 部合著	48
福特	7 部及 1 部合著	44
罗利	2 部	31
戈夫	4 部	23
海伍德	6 部及 1 部合著	12

---

① 对于出自合著的引文，其统计数据会算在每位合作者名下。在这一点上，我遵循了本特利教授的做法。剧本和其他作品的数量是从选集末尾的"作者、诗歌和剧本等列表"中编制的，在那里，合著只列在一位合作者名下。因此，在表格中没有列出罗利的合著，尽管出自他参与创作的任何合著的引文都已算在他名下。然而，为了保留历史原貌，本表严格遵循原始列表，因此，原始列表中的错误归属未被纠正。此外，本表仅涉及戏剧诗人。

在编制以上表格时，人们完全意识到过分看重这些数字的危险，充其量只是伪科学的表现，仿佛选集编纂者像当铺老板那般小心翼翼、锱铢必较地权衡着自己的选篇，尽管他们在选篇的大致占比方面不会偏差太大。人们也意识到某些作家之间的差异，像布鲁克勋爵这样的作家，其作品容易被引用，而像海伍德这样的作家，其作品则不适合入选。换言之，选集并不能证明所收录作品的优劣。当然，它也未必能反映未收录作品的质量。然而，选集展现了两方面内容：其一，编者认为足够优秀，可以收入卷内的佳作；其二，编者认为足够流行，会受读者欢迎的作品。正是在后一种意义上，选集可谓是反映了其所处时代的阅读品位。当编者得到了知名学者的帮助，当选集旨在为老作家开创新风尚，当整个社会都在附庸风雅的时候，选集确实需要被认真研究，或许不是因为其内容，而是因为其重点、意图和评价。科特格雷夫和奥尔迪斯（或托马斯·海沃德），对戏剧有着共同兴趣却相隔一个世纪之遥，代表了两种价值标准。在早期的选集中，莎士比亚只是众多巨匠之一，略优于贝蒙特和弗莱彻或琼森，但——根据他们各自作品被引用的数量判断——并非遥遥领先。然而，在《英国缪斯》中，莎士比亚以他的 427 个引文高高居上，成为选集的英雄。其引文数量是琼森、查普曼、贝蒙特和弗莱彻的总和,其引文长度(占据的行数)是九位剧作家同行的总和,他们分别是米德尔顿、谢利、马斯顿、图尔内尔、德克尔、福特、罗利、戈夫和海伍德。达文南是亚军,尽管他的引文数量仅是莎士比亚的一半。当我们回想起1655年科特格雷夫将达文南排在德克尔之后时,就会意识到王朝复辟所带来的阅读品位上的巨大变革。贝蒙特和弗莱彻的辉煌似乎有些褪色,而马辛格则上升了好几位。有趣的是,一位评论家在1719年写道:

> 马辛格比贝蒙特和弗莱彻更优秀,然而我们发现后者的剧本被反复印刷,但很难找到前者的作品。的确,前期戏剧诗人并配不上"戏剧诗人"这个名号,除了创作出不朽喜剧的本·琼森之外,其他人最多不过是对话作家而已;然而即便如此,贝蒙特和弗莱彻也最不值得称赞,因为他们在严肃戏剧中从未塑造过一个真正的角色——他们笔下的国王都像是仆人或平民,毫无王者风范;他们笔下的女士不够端庄,甚至不如喜剧中的妓女!①

这位评论家应该是查尔斯·吉尔登,他的大体观

---

① 《被抢劫的邮递员:被打开的邮袋》(1719年),第149–150页。

点我们已很熟悉。如果奥尔迪斯读过这些话，他会像驳斥比什（Bysshe）一样来驳斥吉尔登，因为他们同样固执己见，未能理解伊丽莎白时代的作家。①

这些波动并没有影响到韦伯斯特。像布鲁克勋爵一样，他的地位是稳固的。他的 93 条引文跟米德尔顿的 92 条和谢利的 86 条相比更加出色，毕竟，米德尔顿被引用的剧本数量是他的三倍，而谢利在十八世纪早期颇受欢迎；更不用说马斯顿的 80 条引文、图尔内尔的 50 条，以及他曾经的合作者德克尔的 48 条。在这 93 条引文中，有 36 条来自《马尔菲公爵夫人》，31 条来自《白魔》，13 条来自《魔鬼的诉讼》，剩余的则来自编者认定为韦伯斯特与他人合作的两部剧作：8 条来自《色雷斯奇迹》，5 条来自《西方行》。《马尔菲公爵夫人》的显著地位与科特格雷夫给予它的第三位相吻合。更值得注意的是，托马斯·海沃德从韦伯斯特那里引用的超过三分之一② 的引文，早先在科特格雷夫的《英语智慧与语言宝库》中就已被收录了。事

---

① 详见其前言，第 15-16 页。他批评了比什的《英语诗歌艺术》(1703 年)，在该书中比什甚至说莎士比亚"鲜少被引用"。

② 至少有 33 段完全相同的引语。它们分别属于逆境、通奸、愤怒、私生子、教士、市民（2）、法庭、坚韧、朋友（2）、嫉妒、无知、勤奋、国王（2）、婚姻（2）、忧郁、不幸、端庄、策略、繁荣、理性、声誉、单身生活（2）、悲伤、灵魂、政治家、战争、智慧、女性。

实上，两部选集中对应的段落完全一致：它们不仅以同一句话开头，而且奇迹般地以同一句话结尾。除了两个例外①，它们都被置于相同的主题词下。当然，许多引文本身构成了自然的段落单元，但也有些选段的起止界限得由各位编者自行斟酌决定。因此，对于韦伯斯特的众多引语，两位编者都是从同一起点出发，并达到相同终点，这绝非巧合。由于奥尔迪斯在他的前言中承认对《英语智慧与语言宝库》有着深入的了解，因此可以说，在从韦伯斯特的作品中选取精粹时，《英国缪斯》的编者可能已经参考了早期的选集，就像后来的编者们又会参考他的选集一样。

在三本类似的选集中，韦伯斯特以大致相同的方式被收录，尽管重点不同，它们分别是1756年的《英国舞台佳作》②、1761年的《诗歌词典》和1777年的《英国戏剧佳作》。第一本和第三本是相关的，它们是1728年《戏剧宝库》——一本专门研究戏剧的札记

---

① 第3卷第275页中的"智慧"在科特格雷夫第243页是"谨慎"，第2卷第259页中的"谦虚"在科特格雷夫第23页是"羞怯"。

② 我没有看到早期的1737年的版本，因为这本书只能在哈佛大学和耶鲁大学找到。（请参阅 A. E. Case 的《1521—1750 年英国诗歌选集书目》[1935年]，第298页。）但从1756年版中《不幸的公爵夫人》被星号标记为新添加的条目这一事实来看，可以推断在早期的《英国舞台佳作》中没有韦伯斯特的作品。

书——演变过程中的最后两个阶段①。然而,《戏剧智慧与语言宝库》更关注王朝复辟后的剧作家,而不是黑暗的哥特式古老吟唱者。在这种情况下,排除韦伯斯特,就像排除米德尔顿、海伍德、马斯顿、福特、图尔内尔等人一样,是很自然的。但是,三部作品的出版,即《英国缪斯》、一年前伊丽莎白·库珀夫人的《缪斯图书馆》和六年后多兹利的《往日戏剧》,加上西奥博尔德等伊丽莎白时代学者的活动,一定在世纪中叶建立起了一种在老剧中萃取佳句的品位,如若不将其摘录编排就显得不合时宜了。因此,我们发现在《英国舞台佳作》中有五段引文取自韦伯斯特的《马尔菲公爵夫人》——在1708年版四开本中名为《不幸的公爵夫人》,最后一个单词(Dutchess)是现代化拼写。这些引文从属于"忏悔""声誉""财富""悲伤"和"价值"等主题。所有这五段引文,连同《不幸的公爵夫人》这个剧名,都被1777年出版的《英国戏剧佳作》照搬下来。然而,《英国戏剧佳作》也添加了自己的内容,即在"坚韧""婚姻""废墟""隐秘""服务""政治家"和"国王"这些主题下收录了来自《马尔菲公爵夫人》的七段引文,在"国王"主题下收录了来自《白魔》的两段引文,这是早期《英国舞台佳

---

① 未被收录在卡斯教授令人钦佩的书目中。

作》没有涉及的内容。《马尔菲公爵夫人》被正确地写在新加引文旁，与其他五段引文旁的《不幸的公爵夫人》并列出现，就好像它们是两部独立的作品。新增内容，以及前言部分的措辞，表明这部新作品借鉴①了另一部早期选集《诗歌词典》，后者包含所有这些来自韦伯斯特的引文，包括在"国王"主题下完全相同的三个段落。然而，《诗歌词典》本质上是一部合成衍生作品，它借鉴了《英国缪斯》和《英国舞台佳作》。它还包含了《英国戏剧佳作》中没有的内容，即在"勤奋"②主题下收录的来自《魔鬼的诉讼》的一段选文，可能被后者的编者忽略了。这些微妙复杂的关系对我们而言可能没有什么意义，除非为了验证这样一个事实：十八世纪的诗歌选集编纂者从其前辈那里攫取了大量内容，但没有向读者展现。在伊丽莎白时

---

① 比较以下两段："当佳作如此之多（我们将会证明）而不去了解它们，这是对国家的不公，也是对我们自己的反思。最好的评论家认为，在塑造良好品位、奠定优雅基础方面，对诗人的了解是至关重要的。"（《诗歌词典》，第 viii 页）"当佳作如此之多而不去了解它们，这是对国家的不公，也是对我们自己的反思。因为最好的评论家认为，在塑造良好品位、奠定优雅基础方面，对诗人的了解是至关重要的。"（《英国戏剧佳作》，第 vii 页）但后者并非"《诗歌词典》的微修版本"（E. R. 瓦瑟曼，《十八世纪的伊丽莎白时代诗歌》[厄巴纳，1947 年]，第 274 页），因为它还包含了《英国舞台佳作》中的五个选段，其中只有一段可以在《诗歌词典》中找到。

② 第二章，第 180-181 页。

代戏剧作家的普及化过程中，这里提到的三本后期选集都不能与《英国缪斯》相提并论。它们对老戏剧的支持是半心半意的，因为到目前为止，这些书中大部分内容都致力于呈现王朝复辟后舞台作品的精妙之处。

然而，阅读这些被遗忘的选集也并非没有收获。当人们在茂密如丛林的"佳作"中摸索着寻找韦伯斯特的踪迹时，便开始意识到韦伯斯特引文的大致模式，正如在兰姆《莎士比亚时代英国戏剧诗人之范作》（以下简称《范作》）之前的选集中发现的那样。与《白魔》相比，取自《马尔菲公爵夫人》的引文更多。只有博学的编者们会引用《魔鬼的诉讼》，但不论是博学者还是无知者都会远离《阿庇乌斯与弗吉尼亚》和《摘掉绿帽》。然而，最能说明问题的是，对于那些出现了韦伯斯特之名的戏剧诗歌选集，有一些段落一定会被收录其中。它们代表了十八世纪选集编纂者认定的韦伯斯特作品中的精华，因此值得我们考虑。我们或许可以先不考虑被五部选集中的两部同时引用的二十三个选段，因为被三部选集引用的有五个选段，被四部选集引用的有五个选段，被五部选集引用的有一个选段。这里讨论的五部选集是：《英语智慧与语言宝库》《英国缪斯》《英国舞台佳作》《诗歌词典》和《英国戏剧佳作》。那个五部选集全都引用的段落无一

· 143

例外地出现在"声誉"主题下①：

> 你知道声誉是什么吗？
> 我告诉你——虽然毫无意义，
> 因为这一教诲现在已经为时过晚：
> 曾经有一段时间，声誉、爱情和死亡
> 一起在世界各地旅行：结果他们
> 决定分道扬镳，分别走上三条不同的道路：
> 死亡告诉他们，他们会在伟大的战斗中找到他，
> 或者是遍布瘟疫的城市；爱情给了他们建议，
> 在不慕虚荣的牧羊人中寻找他，
> 在那里聚集没有被讨论过：有时候
> 在安静的亲属之间，
> 死去的父母什么也没剩下：留下（声称名声）
> 勿弃我，因为这是我的本性，
> 如果我一旦离开我遇到的任何人，
> 我就再也不会被找到了。

巧合的是，这段引文也被兰姆选入《范作》，但是

---

① 《马尔菲公爵夫人》，第三幕，第二场，第142-156行。此处给出的引文遵循卢卡斯的文本，因为同一段在不同选集中经常会经历小的删改和修订，更不用说拼写的变化了。因此，在这个"声誉"主题下的选段中，第二和第三行在五部选集中全都被删减，而《英语智慧与语言宝库》和《英国缪斯》甚至连第一行都没有保留。

被归于"寓言"主题。在被引五次的五个选段中,"国王"主题下的两段取自《白魔》;"婚姻""悲伤"和"政治家"主题下的三段取自《马尔菲公爵夫人》。在被引三次的五段引文中,"勤奋"主题下的一段取自《魔鬼的诉讼》,但在"国王""废墟""隐秘"和"仆人"主题下的另外四段均取自《马尔菲公爵夫人》。"废墟"主题下的选段如下:

> 我太爱这些古老的废墟了:
> 我们不是投足在废墟上,
> 而是踩在令人尊敬的历史上。
> 毫无疑问,有些人埋葬在
> 这空旷的院子里(现在经风吹雨打),
> 他们如此热爱教堂,并慷慨地捐赠
> 他们认为这里
> 可以放置他们的骨骸。
> 直到审判日;但一切总有尽头,
> 教堂和城市(有着像人类一样的疾病)
> 都必然会有与我们相同的结局。①

这就是人们所说的"浪漫",我们记得詹姆斯·赖特在他的《乡村对话》中曾引用过这段话。但是,虽

---

① 第五幕,第三场,第10-20行。

被称为浪漫,它在选集中的出现也是编者对忧郁之美领域的一次罕见涉足,因为他们总体上只喜欢那些诙谐风趣、警句迭出、精心雕琢的台词,也就是那些"朗朗上口"的内容。若要深入探究韦伯斯特作品中的悲剧色彩,我们还需要等待查尔斯·兰姆的出现。

然而,在兰姆之前,与奥尔迪斯和托马斯·海沃德同时代的罗伯特·多兹利正在为一种全新的汇编征集订阅。多兹利是出版商、诗人和剧作家,从订阅者那里得到的积极反馈让他备受鼓舞,以至于当他的汇编作品于1744年以《往日戏剧》之名出版时,被印制成排版紧凑的十二卷。小小的空间中蕴藏着无尽的财富:这部选集包含了六十多部完整的戏剧,从约翰·贝尔(John Bale)和约翰·海伍德的早期幕间剧到约翰·福特和詹姆斯·谢利的精深作品。莎士比亚、贝蒙特和弗莱彻被排除在外,琼森偶尔被提及,但伊丽莎白时代的所有次要作家都在其中:马斯顿、德克尔、米德尔顿、马辛格、图尔内尔、罗利、布鲁克勋爵和韦伯斯特。还有马洛的《爱德华二世》和基德(Kyd)的《西班牙悲剧》。读者首次不必在选集编纂者个人品位的影响下,被迫接受或拒绝老剧的美丽碎片,而是可以阅读完整的老戏剧。为了帮助读者形成自己的结论,将老剧作为戏剧而不仅仅是好的阅读材料,多兹利还在这部选集里提供了詹姆斯·赖特《舞台史》的重印版，以及他自己的一篇序言。多兹利在序言中对意大利、西班牙、法国和尼德兰的舞台演出进行了概述，并追溯了英国戏剧从奇迹剧到1642年剧院关闭之间的发展，最后在很多剧作家的作品前附上了他们的简短传记。多兹利声称，在写舞台史时，他"可以说是这些领域的第一个冒险家"，汇集了"许多关于这个主题的奇闻轶事，而读者在其他地方无法找到它们"。鉴于我们了解理查德·弗莱克诺和朗贝恩等戏剧编目者已经取得的成就，我们不能完全认同多兹利的声明，但他的序言仍然为英国舞台历史信息的积累奠定了重要基础，这些信息后来经由珀西、里德和托马斯·霍金斯[①]等人探索和补充，最终在马龙1790年的《英国舞台的兴起和发展历史以及我国古老剧院的经济和使用情况》一文中得以完善。我们已经讨论了大卫·厄斯金·贝克的《剧院指南》的重要性，然而他的序言《英国舞台兴起和发展简要概述》在历史上价值很低，因为它只是对多兹利的简单重复。

但是，虽说多兹利出版的《往日戏剧》创造了文学史，他同时也被时代塑造。他坚持同时代人的流行观念，例如进化的观念。当选集按时间顺序编排选段

---

① 托马斯·霍金斯为《英国戏剧的起源》（3卷本，牛津，1773年）所写的序言，是另一篇关于英国舞台"兴起和发展"的论文，虽然篇幅较短，也不那么令人满意。

时，他们总是说这是为了展示文体的进步。现在，多兹利出于同样的原因将那些古老戏剧从被遗忘的境地中拯救出来："这样可以很好地展示我们的品位和语言的提升与进步。"与喜欢悲剧的兰姆截然不同，多兹利偏爱喜剧，这是基于当时另一个流行观念，即老戏剧作为社会文献是有趣的。① 按照多兹利的说法，喜剧"更好地展示了其作者所处时代的性情、风尚和精髓"。我们注意到，他并没有提及古老戏剧的内在价值。

无论多兹利的批评立场如何，我们应该感谢他为《白魔》的复兴作出了贡献，这部剧作可在他的第三卷中找到。在剧本之前有一个简短的说明，类似于早期的"传记"和后来的"词典"，概述了韦伯斯特的生平并提到了他另外五部剧的名字。即使说明中的措辞不够热情，而且重印的剧本文本未能迎合现代的纯文本概念，但多兹利在重新唤起人们对《白魔》的兴趣方面发挥了关键作用。自1661年10月佩皮斯观看并厌弃它的演出以来，该剧确实被尘封。② 同年12月有另

---

① 这种将戏剧视为社会风尚之镜的观念似乎是从复辟之后开始的，或者更确切地说，是从古老戏剧被阅读而不是被演出的时候开始的。上文第21—22页所引用的柯克曼的话在这里是相关的。参见《舞台史》序言中的以下内容："哪怕仅是为了发现几个时代的风俗和行为以及它们是如何变化的，好奇的人也总是会读古老戏剧。因为戏剧就像是肖像画，展示着被绘制之时的服饰和时尚。"

② 《日记》，第二章，第114和116页。也见附录。

一场演出，但未提及它是否成功。该剧最后一版于70多年前的1672年问世。正如我们所见，选集编者们对《马尔菲公爵夫人》表现出了明显的偏爱。我们不知道多兹利在决定选用韦伯斯特两部悲剧中不太受欢迎的那一部时是否经过深思熟虑，但这个决定无疑使人们对韦伯斯特的才华有了更全面、更均衡的认识。一旦从被忽视的状态中拯救出来，《白魔》便成了伊丽莎白时代戏剧合集中的一部固定作品。它在多兹利1780年和1825年的后续版本中仍占据一席之地，仅在1874年的第四版中被省略，只是因为韦伯斯特全集早在1830年就已由戴斯编写出版，1857年又被哈兹利特重编再版，而在1810年司各特的《古代英国戏剧》中，《白魔》和《马尔菲公爵夫人》并列出现。如果不是因为多兹利，读者可能要等上将近一个世纪——直到戴斯的时代——才能读到二十世纪编者心目中韦伯斯特所有作品中最伟大的一部。[①]

然而，对于十八世纪的学者来说，韦伯斯特的老四开版剧本仍然可以在加里克（Garrick）这样的私人收藏中找到，甚至可能在古旧书市上也有售卖。它们

---

① 卢卡斯，同前引，第1卷，第100-101页。

被莎士比亚作品的编者们①阅读，偶尔也会被引用，因为当西奥博尔德确立了历史学术研究范式之后，②人们开始引用其他伊丽莎白时代作家的文段来阐释莎士比亚。但韦伯斯特所占份额很少，他的几句零星引文被湮没在这些版本中堆积如山的其他注释里。然而，他很快就被一位杰出的莎士比亚学者爱德华·卡佩尔（Edward Capell）从这一切中解救出来。

卡佩尔是一位真正的学术功臣，他不拘一格，但他的作品以其详尽性和准确性，使后辈学者在未来的许多年里不必费力地做同样的研究。我们已经讨论过他附加在《莎士比亚注释及各种读本》第三卷中的"戏剧通报"。该卷的大部分篇幅都致力于探讨他那个时代学术界的一个热门问题，即莎士比亚作品的来源。但是卡佩尔的"莎士比亚研究"不同于彼得·沃利（Peter Whalley）和理查德·法尔默（Richard Farmer）

---

① 例如，西奥博尔德，《莎士比亚作品全集》（1733年），第1卷，第486页；至于史蒂文斯和马龙引用韦伯斯特的情况，请参阅博斯韦尔的《马龙文集》，第7卷，第500-501页；第8卷，第218页；第11卷，第109和234页；第13卷，第163页，第325-326页。最后一项是马龙的一个长篇注释，对韦伯斯特与莎士比亚的相似之处进行了概述。甚至沃尔特·怀特也出人意料地根据洛克的观念联想理论，使用韦伯斯特来阐释莎士比亚。

② 参见弗·R.琼斯，《刘易斯·西奥博尔德：他对英国学术的贡献》（纽约，1919年）。

的探索，因为它不只是一篇文章，更是一部极为全面丰富的摘录汇编，其中包括古老戏剧选段、大陆作家如班德洛（Bandello）和蒙田（Montaigne）的作品、希腊罗马的如诺思（North）的普鲁塔克经典译文，以及早期英国如斯托（Stow）和霍林谢德（Holinshed）的作品。单是从霍林谢德作品中的引用内容就能自成一本一百多页的小书。卡佩尔在序言中谈到编写这部巨著的目的时，说它是十八世纪最好的历史学术著作，极具权威性，尽管也许稍欠文采：

> 在某种程度上，了解莎士比亚同辈及前辈作家，了解他们的作品在内容和语言上的优点，对于正确理解莎士比亚的语言和正确评估他的才华是至关重要的：……其中提出的其他要点对明智之人来说是显而易见的，无须赘述；它与第一个要点的联系最为密切，同一段文字在展现每位作家用词特点的同时，往往也能体现出莎士比亚的总体创作才华。

因此，该著作有双重目的，既要阐释莎士比亚，也要呈现用以阐释的例证本身。正是后者使卡佩尔与当时其他"莎士比亚学者"有所不同，他们往往只对莎士比亚本人感兴趣，而对他同辈的兴趣仅仅在于他们能阐释莎士比亚。为了实现第二个目的,卡佩尔这位"摘录者"记录了一些与莎士比亚没有直接关系的内容,这些内容"对于那些想要出版莎士比亚同代作家作品的出版商来说是有用的"。

怀着这个双重目的,卡佩尔在"莎士比亚研究"中介绍了韦伯斯特,当然也包括他那个时代的整个戏剧创作群体。书中引用了韦伯斯特的一些段落,比如"是的,现在我泣血悲鸣,你可看到",这些段落可与莎士比亚那绝妙惊人的语句相媲美,但也收录了像《白魔》前言"致读者"的内容,尽管在对同行剧作家的普遍赞扬中提到了莎士比亚的名字,——"最后(无疑是压轴出场的)是莎士比亚大师、德克尔大师和海伍德大师那琳琅满目的作品,希望我所写之作能借他们的光辉被人阅读"——实则与他不甚相关。的确,这篇散文被卡佩尔选中,一开始着实让人意外。他一定意识到它的奇异活力[①]以及它作为评论的重要性,正如后来像斯宾加恩(Spingarn)[②]这样的批评史学家所意识到的那样。书中收录的另一部奇特之作是《不满者》的序言,卡佩尔在注释中称之为韦伯斯特和马

---

① 参考兰姆在《范作》中对此的注释。

② 这篇散文被斯宾加恩收录在他的《十七世纪的批评论文》(牛津,1908-1909年)第1卷,第65-66页。另请参阅他的评论,《十七世纪的批评论文》第1卷,第xxi页。

斯顿的合著作品。书中还引用了德克尔和韦伯斯特合著的《西方行》中的七个选段,其中包括:"但当轻浮的妻子让丈夫变得愁眉苦脸时,就让这些丈夫扮演发疯的哈姆雷特,大喊复仇。"卡佩尔摘录的韦伯斯特的段落中,绝大多数取自《白魔》,他和多兹利一样对这部剧喜爱有加。我们也想起,在"戏剧通报"中,他将《白魔》列入他认为能与莎士比亚作品相媲美的剧目名单。选自该剧的12处引文,也许由于太过零碎——卡佩尔常常只引用一个句子——而无法充分展现韦伯斯特的才华,但其中包括玲珑之语如科尼利亚的"这是给你的迷迭香,给你的苦艾,给你的田芥。我请求你珍惜它",以及弗拉米诺的"宗教;哦,它是如何与政策混为一谈。世界上第一滴血就是为了宗教而流"。我们希望卡佩尔能加些评论,并不需要他更多地关注书目。他正确记录了首版日期和出版商名称,并且在引用文段时严谨地遵循这些版本。

　　卡佩尔作品的广度和范围可以从他对韦伯斯特两部冷门作品的选择中进一步衡量出来,它们是常被当时的选集编纂者所忽视的《阿庇乌斯与弗吉尼亚》和《摘掉绿帽》。他从前者选择了三处引文,从后者选择了一段长对话。因此,韦伯斯特更为多样化的才华被展现出来了,既有喜剧的诙谐机智,又有悲剧的情感强度。卡佩尔对《阿庇乌斯与弗吉尼亚》的关注一定让后来的编者们开了眼界，因为在他之前，这部戏剧从未被收录在任何选集中，但在他之后，它出现在查尔斯·温特沃思·迪尔克编纂的《古英语戏剧》(1815年)和多兹利的《往日戏剧》第三版(1825–1828年)中，该版本主要由J. P. 科利尔编纂，其中它被特意与《白魔》编排在一起。

然而，这发生在兰姆1808年的《范作》之后。目前，我们需要注意卡佩尔对《马尔菲公爵夫人》异乎寻常的沉默。它既没出现在"戏剧通报"中卡佩尔列的好剧名单上，也没出现在"莎士比亚研究"中。不过，卡佩尔知道这部戏剧，他在"通报"中的三个列表里均对其有记载，即按字母顺序排列的剧目表、按字母顺序排列的作者姓名表、按时间顺序排列的作者姓名表。留给我们的唯一解释似乎是，这种沉默是有意为之。卡佩尔不喜欢韦伯斯特两部伟大悲剧中更受欢迎的那一部，他这样做推翻了其他选集编纂者的判断。

因此可以说，在十八世纪，韦伯斯特享有一些声誉。他为戏剧编目者所熟知。他的剧本被改编并上演。他出现在选集中。在莎士比亚时代重新引起学者兴趣的复兴中，他与其他次要的伊丽莎白时代作家一起受到了关注，这一复兴从西奥博尔德开始，在马龙时期达到了高潮。然而，虽然这一切都是真实的，但人们不能忽视这样一个事实,即整个世纪的评论家们的注意从未集中在韦伯斯特身上。他只是众多作家中的一员,并未因特殊赞誉或特别谴责而受瞩目,而这种瞩目将在不久的未来发生。德莱顿、雷默(Rymer)、丹尼斯(Dennis)、艾迪生(Addison)、斯蒂尔、约翰逊,都没有提及他。唯一重要的评论来自西奥博尔德,①但他对伊丽莎白时代的了解不同寻常,而且人们认为他作为学者的成就高于作为评论家的成就。西奥博尔德的对手蒲柏(Pope)也了解韦伯斯特,但他所言不过是一句匆匆而过的评论:

> 韦伯斯特、马斯顿、戈夫、基德和马辛格被视为本·琼森时代表现尚可的悲剧作家。②

韦伯斯特和马辛格被同时提及,但马辛格的名气要大得多。整个世纪以来,《还旧债的新方式》一直在舞台上广受欢迎。我们引述了吉尔登的观点,他认为马辛格甚至比贝蒙特和弗莱彻更伟大。十八世纪没有出版过韦伯斯特全集,而马辛格的作品已经被编纂过两次,分别是1761年的托马斯·科克赛特(Thomas

---

① 参见《致命的秘密》的序言。请参阅上文第86页。
② 约瑟夫·斯潘斯,《书籍和人物的轶事、观察和特性》,塞缪尔·W. 辛格编,1820年,第21页。

Coxeter)版和 1779 年的约翰·蒙克·梅森（John Monck Mason）版，更不用说 1805 年的威廉·吉福特（William Gifford）版。韦伯斯特与德克尔、马斯顿、海伍德、米德尔顿、福特，甚至戈夫和罗利地位相当。只有在谈到这些作家时，韦伯斯特才被提及，有时甚至未被提及。在约翰逊的《传记》的重要前身之一，1753 年的《直到迪恩·斯威夫特时代的大不列颠和爱尔兰诗人生平》中，所有这些作家都有自己的位置①，唯独没有韦伯斯特。他的名字在几处被提到，②但显然编者们认为不值得单辟一节对他进行论述。对于大众读者来说，他可能并不完全陌生，但无论如何，他都不会被归入伊丽莎白时代那些以邪狂之魅创造出极致之美的作家行列。韦伯斯特直到后一个世纪才获得了那样的崇高地位，当时浪漫主义者们，尤其是兰姆，挺身而出对他施以援手。

---

① 德克尔，第 1 卷，第 152-154 页；马斯顿，第 1 卷，第 120-123 页；海伍德，第 1 卷，第 271-276 页；米德尔顿，第 1 卷，第 352-354 页；福特，第 1 卷，第 349-352 页；戈夫，第 1 卷，第 170-173 页；罗利，第 1 卷，第 346-347 页。

② 韦伯斯特在第 1 卷的第 122、152、153、346、347 页中被提及。

第四章　————————　查尔斯·兰姆

第四章　查尔斯·兰姆

查尔斯·兰姆将韦伯斯特带入了一个新时代。在此之前,韦伯斯特一直与学者和书商为伍,他的命运是在目录、词典、选集中建立起来的。兰姆是第一位认真地将韦伯斯特的戏剧作为文学来看待的评论家。

虽然斯温伯恩(Swinburne)的论断夸大了兰姆的作用,① 我们可以根据对自西奥博尔德以来伊丽莎白时代研究的学术活动的了解予以修正,但是斯温伯恩的原有观点——以及兰姆自己的观点②——即兰姆几乎是单枪匹马地拯救了那些老剧作家,从根本上说是无可厚非的。若是由于在兰姆之前已经存在多兹利的《往日戏剧》、托马斯·霍金斯的《英国戏剧的起源》和贝克的《戏剧传记》之类的作品而否认其特殊贡献,那就大错特错了。奥克塔维厄斯·吉尔克里斯

---

① 阿尔杰农·C.斯温伯恩在《查尔斯·兰姆和乔治·维瑟》一文中写道:"莎士比亚之后,我们最伟大的戏剧诗人的启示和复兴全归功于他,也只归功于他。"载于《杂记》(1886年),第199页。

② 请参阅1827年4月10日兰姆致威廉·阿普科特的信(爱德华·V.卢卡斯编,《书信集》,3卷本[1935年],第3卷,第82页)。

特（Octavius Gilchrist）[1]在兰姆的时代就犯了这样的错，今天仍然有人重蹈覆辙[2]。兰姆毫不避讳地承认对这些作品的了解，但他知道它们并没有尝试他给自己设定的任务，即批判性地评价老戏剧。这些早期的汇编本质上是古物研究。当编者不经意间透露出他们对老戏剧的看法时，我们今天立刻知道，他们的看法与兰姆不同。比如，多兹利喜欢古老戏剧是因其诙谐幽默。但听听兰姆的说法：

> 我一直寻找的，并非那些充满机智和幽默的段落，尽管老剧中富含此类段落。我所追求的是激情场景，有时是深刻的道理、生动的情境、严肃的描述，这些更接近于诗歌而非趣语，更接近于悲剧诗歌而非喜剧诗歌。

---

[1]《给威廉·吉福德的一封信》（1811年）显示了这位学者对他认为是侵犯者——像兰姆和韦伯这样的人——的不满。信的第一部分审查了奥尔迪斯、多兹利、托马斯·霍金斯、艾萨克·里德和其他学者在恢复古老戏剧方面所做的工作。

[2] 例如，罗伯特·D.威廉姆斯的《兰姆之前对伊丽莎白时代戏剧的古物学兴趣》，*PMLA*（1938年），第53卷，第434-444页。另请参考F. S.博阿斯的文章《查尔斯·兰姆和伊丽莎白时代戏剧作家》，《论文与研究》（1943年），第29卷，第62-81页。关于兰姆在《范作》中作为评论家的观点，也有R. C.鲍尔德的文章《查尔斯·兰姆和伊丽莎白时代作家》，收录在《致A. H. R.费尔德荣誉研究论文集》（密苏里大学续集,1946年）中，C.T.普劳蒂编，第169-174页。

第四章 查尔斯·兰姆

兰姆与早期的老剧热衷者之间没有任何共同之处。悲剧诗歌未必比喜剧趣语更好，但至少有所不同。兰姆的独创之处在于，他强调了一种迄今为止几乎无人关注的、即使被关注也只是被斥为"野蛮"和"无知"的品质，并将其颂扬为这些剧作家能与莎士比亚本人一样不朽的主要原因之一。如果说他的研究领域已被诸如奥尔迪斯和吉福特等作家彻底耕耘过了，这同样混淆了问题和价值。这些勤奋的耕作者晦涩难懂且不受普通读者欢迎，除此之外，他们主要关注的是与老剧作家有关的传记、书目和文本问题，而兰姆对这些都不感兴趣。他并未在选文旁附上任何传记说明，而只是将有此需求的读者引荐给了多兹利和贝克。在文本问题上，虽然兰姆在将《两贵亲》的前两幕归于莎士比亚①时展现出了洞察力，但他毫不犹豫地对其进行删减，不仅"毫不客气"地删掉了多余的台词，而且删掉了"所有那些本不该写的东西"。由于这些罪过，学者们可以继续把他钉在十字架上，但他们中没人能像他那样成功地拉起读者的手，直奔老戏剧中的美丽场景。

另一方面，有迹象表明他受到当时刚出现的流行文集编纂者的巨大影响。亨利·海德利（Henry

---

① 正如博亚斯博士在引述的著作（或文献）中第78页所指出的。

Headley）1787年的《古代英语诗歌佳作》和乔治·埃利斯（George Ellis）1790年的《早期英国诗人范作》都获得了一定程度的成功，而这对于兰姆来说不可能毫无影响。埃利斯的作品在1801年被扩展成三卷，当时兰姆已经准备好了第二本笔记，他的第一本笔记在1796年被烧毁。埃利斯在1804年的姊妹卷《早期英国浪漫韵文范作》中再次使用了"范作"一词，同样，乔治·伯内特（George Burnett）在1807年的《早期英语散文作家范作》中也使用了这个词。[①] 骚塞在1804年6月写给柯勒律治的信中谈到了兰姆很可能在汇编一部选集，[②] 而骚塞本人则于1807年编纂了《后期英国诗人范作》作为埃利斯选集的续本。简而言之，"范作"一词在兰姆时代是通用的，这应该立即消除了威廉·沃森（William Watson）对兰姆将老作家视为"博物馆"藏品的指责。[③] 兰姆对维西姆斯·诺克斯（Vicesimus Knox）《优雅美文摘录》的评论可以进一步证实他对当代文集的关注。该摘录是一系列单独

---

① 伯内特是兰姆的熟人，他在编纂选集时很可能得到了兰姆的帮助。玛丽·兰姆在1806年2月21日写给莎拉·斯托达特的信中这样说："……你的朋友伯内特像往常一样来访，让查尔斯给他指点……"（《书信集》，前引书，第1卷，第428页。）

② 查尔斯·C. 骚塞，《罗伯特·骚塞的生平与书信往来》，6卷本（1849—1850年），第2卷，第293—294页。

③ 《批评之旅》（1893年），第83页。

成卷的散文和诗歌选集,在十八世纪末出版了许多版本。① 1796 年出版的两卷专门收录了"为提升年轻人而选的有益且有趣的诗歌片段",其中包含了一节戏剧诗歌。同年 6 月底,兰姆在给柯勒律治的信中写道:

> 我希望您能设法做点什么,让我们老一辈诗人获得更广泛的认可。那些批评书籍将陈词滥调引用了一遍又一遍,却对马辛格或贝蒙特和弗莱彻这样的作家只字未提,我看到这些就愤慨不已。后辈剧作家(除了奥特韦之外)根本无法与他们相提并论。愚蠢的诺克斯在他的摘录中并没有注意到他们中的任何一个。②

兰姆并非真的在敦促柯勒律治。他在脑海中反复考虑着自己编一部文集的想法。他不断补充着为戏剧段落所做的笔记,但是《莎士比亚时代英国戏剧诗人之范作》却迟迟未出。这个想法从最初构思到 1808 年

---

① 关于诗歌卷,大英博物馆藏有1791年、1796年、1801年、1805年、1807年(《诗学摘要》)和1816年的版本。此外,E. R. 瓦瑟曼的书目提要(同前引)又补充了 1780 年(都柏林版)、1789 年和 1792 年的版本。

② 《书信集》前引版本,第1卷,第32页;由埃德蒙·布伦登选入《献给大卫·尼科尔·史密斯的十八世纪论文集》(牛津,1945 年),第 229—230 页。

的最终实现，中间历经了十二年。①

然而，这本书一经出版，就创造了文学史。尽管最初学者们对它嗤之以鼻，但在整个十九世纪，尽管存在敌意的批评，它一直是伊丽莎白时代戏剧选集的权威之作。现在，普通读者可以在一本编排紧凑的卷册中读到除莎士比亚之外的所有重要老剧作家的作品。其呈现方式介于早期杂文集的简短警句和多兹利的完整剧本之间。追随多兹利会使兰姆成为另一个，或者更差的，艾萨克·里德。兰姆对多兹利和里德的最强烈反对可能是他们那八到十二卷书籍的厚重外表让胆怯的读者望而却步。而兰姆则想要吸引读者的注意力。所以他考虑的是独立场景，只选择"激情场景，有时是深刻的道理、生动的情境、严肃的描述，这些更接近于诗歌而非趣语，更接近于悲剧诗歌而非喜剧诗歌"。他的读者永远被置于巨大的情感浪潮的巅峰，对于《范作》而言，没有比"戏剧高潮的集合"更好的别名了。但我们还必须注意"诗歌"这个词。兰姆并不是以剧场从业者的方式看待老戏剧，他将伊丽莎白时代的戏剧视为适合在书房独处时安静阅读的文学作

---

① 《范作》的成书经历已经由德克尔斯·坎贝尔在1894年8月的《雅典娜神庙》杂志上很好地讲述过，见第265-267页。另见E. V. 卢卡斯在他的《查尔斯和玛丽·兰姆作品集》（7卷本，1903-1905年，第4卷）第597-603页中的续篇，以及F. S. 博亚斯的前引书。

品。但这并非因为他对戏剧效果视而不见,相反,没人能比他更敏锐地鉴赏戏剧效果;而是他认为,一些效果太过微妙,普通的舞台表演只会破坏一个人在阅读剧本时所产生的奇妙幻想,即使是伟大的演员也无济于事:

> 切勿让我如此忘恩负义,忘记了多年前我第一次观看莎士比亚悲剧时获得的极大满足感,在那场演出中,这两位伟大的演员(肯布尔和西德顿夫人)扮演了主要角色。它似乎具象化并实现了迄今为止尚无明确形态的理念。但我们余生都在为这种少年时代的愉悦、这种清晰明澈的感觉付出沉重的代价。当新鲜感逝去后,我们痛苦地发现,我们并未实现理想,而只是将那美好的愿景物质化,使它降为肉眼可见的凡胎俗体。为了追求一种遥不可及的真实性,我们已经放弃了做梦。①

对于莎士比亚来说正确的道理,对于他的剧作家同行们来说就加倍正确了:在所有人中,他无疑是最有戏剧性的。兰姆强调读剧本而非看演出的可取性,这是可以理解的。作为一个终身的文字热爱者,他自

---

① 《论莎士比亚的悲剧》,《作品集》,前引版本,第1卷,第98页。

然更着迷于印刷书页的永恒之美。我们也不能反对他从中挑选出令人难忘的场景,因为这可能是他编撰一本方便而又全面的同类选集的最佳途径。但是,如果从选集的语境中剥离出来,他的话语和实践则导致了一种信念,即戏剧和诗歌之间可以存在一种二分法。虽然阿彻敏锐地区分了伊丽莎白时代戏剧的戏剧效果(或缺乏戏剧效果)和它们的绝对诗意价值,但斯温伯恩和戈斯(Edmund Gosse)则直接称它们为"诗"。①

然而,对于《范作》来说,兰姆对诗歌的专注赋予了他对戏剧中人物和情境的洞察力,这些一闪而过的洞见很幸运地被凝聚成注释的形式。约翰逊博士认为注释虽必要但有害,但他显然没有考虑到像他自己关于波洛涅斯的注释和兰姆文集中的所有注释这样迷人的害处。它们正是无助的读者对文学批评家的期待。批评家应该为读者在作者思想的未知国度里徘徊时指明道路,但他不应代替读者行走或思考。现在,《范作》中的注释包含了兰姆最快乐、最辉煌的作

---

① 关于阿彻在这方面的论述,参见他在1893年1月《新评论》上发表的文章《韦伯斯特、兰姆和斯温伯恩》,第96—107页。将"诗"一词用于戏剧的情况如此普遍,以至于人们只需举出斯温伯恩在《莎士比亚时代》(1908年)中的例子即可。在第3页,马洛的《浮士德》被称为"那首宏伟的诗篇";在第4页有这样一句话:"所有戏剧形式的伟大诗篇。"另见戈斯在《詹姆斯一世时期的诗人》(1894年)中第161、166、169和171页。

品——它们赋予了本书作为选集的不朽价值——但它们并不能代替读者自己的判断。通过巧妙的夸张，它们激发读者迫不及待地想要亲自阅读文本。因为兰姆的热情极具感染力。他说话时神采奕奕，直到最后他将自己与受苦受难的男女主人公融为一体。在这里，我们再次看到了学者和兰姆之间的区别。学者们更关注历史，关注时代变迁的标志，而兰姆作为纯粹批评家则对文学的普遍价值充满热情。① 他几乎没有历史意识，在阅读剧作时很容易就将自己代入其中。这种批评的危险性已被指出，② 但就《范作》而言，最大的危险是缺乏比例感。兰姆习惯性地以莎士比亚为衡量标准就是一个很好的例子。也许这种对比是难以抗拒的，但在比较时，兰姆似乎从未决定到底谁最接近莎士比亚。海伍德是"一种散文体的莎士比亚"。福特是"英国一流诗人"，是"莎士比亚之后的人"。"莎士比亚之后的所有诗人都让位于"贝蒙特和弗莱彻的"多样才华"。"在所有英国剧作家中，查普曼在描述和说教方面，在纯粹戏剧性较为贫乏的段落中，可能最接近莎士比亚。"当然，还有将韦伯斯特《白魔》中的挽歌与莎士比亚《暴风雨》中的小曲进行比较的著名例

---

① 弗雷德里克·W.贝特森在《英语诗歌与英语语言》（牛津，1934年，第4-5页）中对文学史和文学批评之间的区别进行了阐述。

② 除了吉尔克里斯特和吉福德的当代批评外，参见圣斯伯里，《英国批评史》（1911年），第349-351页。

子。尽管我们这样孤立地考虑这些言辞而没有适当考虑到兰姆精心附加给它们的修饰,确实对兰姆不公,但这些言辞给人的第一印象肯定是可怜的莎士比亚被太频繁地用作兰姆批评天平上的砝码了。他这样做可能是因为他总是全神贯注于当下的剧作家。一旦他选定了一个人,就必须在其面前倾诉自己的全部心声,毫无保留。如果说这种方式未免夸张,那么这恰恰是他能够重新唤起人们极大兴趣的原因,而此前的古物学家和选集编者仅引发了少许不温不火的好奇。简言之,他的注释是使读者对马斯顿和海伍德、米德尔顿和罗利、德克尔和特纳以及韦伯斯特等不太熟悉的名字产生关注的最重要因素,而此前这些名字既未被学者所撰,也不为大众所知。

兰姆选文的方法特别有利于像韦伯斯特这样的剧作家。时至今日,韦伯斯特仍一直被视为能写出极具震撼力和美感的独立场景的剧作家,而不是一个以完整剧本的流畅性为优势的剧作家。[①] 兰姆选择的正是

[①] E.L.卢卡斯,前引书,第1卷,第17页。"因此,他们所有伊丽莎白时代的剧作家,包括莎士比亚在内,主要呈现的是场景效果。"然而,这里被卢卡斯解释为的弱点,却被 M.C.布拉德布鲁克(前引书,第186-212页)和 U.M.埃利斯·费尔莫尔(《詹姆斯一世时期的戏剧:一种阐释》,1936年,第170-190页)视为一个胜利。一篇更有趣的文章是詹姆斯·史密斯在《审查》杂志(1939年,第8卷,第265-280页)中的《血的悲剧》。

那些令人惊叹的场景。事实上,很难想象在同样的有限空间里,还有谁能比兰姆更好地展现韦伯斯特。当然也没有比韦伯斯特戏剧更好的范作。在《魔鬼的诉讼》中,兰姆选用了康塔里尼和埃尔科莱准备决斗的场景,他认为这是"将绅士分歧处理得当的典范"。《阿庇乌斯与弗吉尼亚》为他提供了一个父亲亲手杀死自己唯一且深爱的女儿的场景。但兰姆对确立韦伯斯特文学声誉的两部伟大悲剧展示得更为全面。关于《马尔菲公爵夫人》,我们不仅读到了公爵夫人秘密嫁给安东尼奥的卧室场景,而且还读到第四幕的大部分内容,从蜡像尸体的悲惨景象到疯子的舞蹈,再到公爵夫人的窒息和费迪南德的悔恨。兰姆从同样丰富的《白魔》矿藏中挖掘出挽歌场景和维托里亚受审的整个场景。或许我们也能够从韦伯斯特的作品中挑出同样的选段,但可以肯定的是,我们无法写出兰姆的注释来阐明韦伯斯特的天赋:

> 所有预示着公爵夫人之死的可怕的艺术设计,那些假造死亡的蜡像、疯子们的假面舞会、掘墓人、报丧者,以及活人的挽歌、逐渐的腐烂——都与普通的复仇概念相去甚远,它们给受害者带来的奇怪苦难也远远超出了普通诗人的想象。正如它们不像现世的折磨,她的语言似乎也

不属于这个世界。她一直生活在恐怖之中，直到"与之融为一体，并赋予其力量"。她说着绝望的话，诉说地狱之恶和灵魂的厄运。巧妙地调动恐怖元素，深深地触痛灵魂，施加恐惧到极限，使生命疲惫不堪直至濒临倒塌，然后用致命一击作为最终惩罚：这些只有韦伯斯特才能做到。次等的天才可能会"在恐怖的头上增加恐怖"，但他们做不到这些。他们错把数量当成质量，他们"用魔鬼的画像吓唬婴儿"，但他们不知道如何触动一个灵魂。他们的恐怖缺乏尊严，他们的恐吓没有节制。

这位意大利的白魔女以浮华之姿挑起了一起恶劣案件，并以纯真之勇进行申辩，我们仿佛看到了她脸上那无与伦比的美，因而愉快地信任她，期待着当她完成申辩时，她的法官、她的控告者、旁听的严肃大使以及整个法庭，都会一边深知她有罪，一边起身主动为她辩护；就像《堂吉诃德》中的牧羊人们愿意跟随美丽的牧羊女马塞拉一样，"尽管他们并未从她的明确决定中得到任何好处"。

你把风流韵事粉饰得多甜美，
恰像馥郁的玫瑰花中的毛虫，
这些事玷污了你豆蔻少女的芳名！

除了《暴风雨》中使费迪南德想起溺水而亡的父亲的那首短歌以外，我从未在任何剧中看到过像这部剧里为马塞洛之死而唱的葬礼挽歌。正如那首短歌是属水的，水汽氤氲，这首挽歌是属土的，土气缭绕，两者所具有的强烈感情似乎要将自己融入它所沉思的元素中去。

这正是兰姆最出色的地方。很难想象一个人在读过这些注释后怎能抑制自己阅读韦伯斯特原著的冲动。但这些注释也与他对福特《破碎的心》的注释一样，成为兰姆所有作品中最具争议的部分。笼统地说，浪漫主义者称赞这些注释包含了一些关于韦伯斯特最富灵感的观点，而现代现实主义戏剧的拥趸则把它们当作一个特别的例子来说明兰姆这位精致的文体家，在作为批评家时是如何痛苦地挣扎的。但无论赞成还是反对，最激烈的争论都是围绕着几个问题展开：韦伯斯特是否真的巧妙地调动了恐怖元素？他是否也误将数量当作质量，而这正是兰姆称赞他没有做的事情？回顾《范作》时，在《年度评论与文学史》中，一位评论家写道：

《马尔菲公爵夫人》是兰姆先生最为赞赏的戏剧之一，但该剧远远不及他谬赞它的溢美之词那般精彩……那些被称赞的选段中包含着一些既荒唐又可怕的东西。公爵夫人的兄长为了惩罚她下嫁，便用各种面具和残酷的嘲讽来折磨她，展示代表了她丈夫和孩子尸体的蜡像；让疯子们伴着疯狂的音乐在她面前跳舞；抬出一口棺材，拿出绳索和铃铛；掘墓人走进来：最后她被勒死了。这就是所谓的巧妙地调动恐怖元素吗！！若是如此，外科医生大可被称为情感大师，因为他能在手术切割时给人痛苦，就像运用恐怖元素的剧作家一样。①

这段话是在1808年说的，而威廉·阿彻在1893年也重申了这一点，他断言："我认为在《马尔菲公爵夫人》（以及程度较轻的《白魔》）中，恐怖元素处理得不够巧妙——它们冷酷、机械、粗暴。"② 但是这篇评论总体上是友好的，以对兰姆至高的赞颂而结束：

然而，我们的剧作家从未受到过如此强

---

① 《年度评论与文学史》（1808年，1809年出版），第7卷，第568页。

② 参见阿彻在《新评论》杂志中的文章，第104页，前文已经引用过。也参见埃德蒙·戈斯（通常是一个赞美者）在《詹姆斯一世时期的诗人》（1894年），第169页，称恐怖场景为"在一首真正高贵的诗篇上的污点，如果在这方面更加节制的话，它本可以成为世界上第一流的悲剧的"。

烈有力的评论:这些评论甚至比剧本更具独创性——那个时代的作家很多,说着同一种语言,但我们从未见过这样的评论家。

事实上,对《范作》的集体沉默——《爱丁堡评论》和《季刊》都明显保持沉默——代表了人们对兰姆唯一有利的注意。兰姆本人认为这篇文章的作者是柯勒律治。1809年6月7日,他在给柯勒律治的信中写道:"我想我应该感谢《年度评论与文学史》上的一篇评论,对吗?"[1]柯勒律治似乎没有回复,或者可能他回复了,只是那封信尚未被发现。无论如何,如果兰姆对该评论作者的认定是正确的,那么这篇评论也包含了柯勒律治对韦伯斯特的所有评价,因为柯勒律治再次提及韦伯斯特的名字是在一次讲座中,一位当代报纸记者对其进行了不完整的报道:

换言之,有识之士会把英国悲剧看作希腊悲剧或者塞内加对话体修辞演说的简单模仿。[2]

据报道,这段文字是柯勒律治引用韦伯斯特的话,

---

[1] 《书信集》前引版本,第2卷,第73页。
[2] 见托马斯·M. 雷索编,《柯勒律治的莎士比亚批评》,2卷本(1930年),第2卷,第87页。编者说他无法识别这个引用。

但很明显，它充其量不过是对韦伯斯特《白魔》前言"致读者"中部分内容的改述。

但是柯勒律治对兰姆注释的肯定①并没有得到同时代另一位评论家的认同。这位评论家在1809年的《评论月刊》上表达了他对兰姆（关于韦伯斯特的）注释的不满：②

> 摆在我们面前的这些注释，确实没有什么特别引人瞩目的地方，除了其突兀的形式和奇趣的风格。我们注意到，一些最刻意的尝试是为了展现过度的情感，我们本打算加以批评却又觉得并无必要。我们甚至会只字不提对《白魔》中的挽歌与莎士比亚的《暴风雨》中的短歌之间的比较："一个是属土的，土气缭绕，另一个是属水的，水汽氤氲，两者所具有的强烈感情似乎要将自己融入它所沉思的元素中去"；我们也不会讨论由轻浮的卡兰莎所维持的"精神的撕裂和内心的虚空"，不会讨论那些致使兰姆先生对《马尔菲公爵夫人》产生夸张谬赞的"庄严的恐怖和得

---

① 后来，在约翰·肖克罗斯编纂的《文学传记》（2卷本，牛津，1907年，第2卷，第61页）中，柯勒律治再次赞扬了《范作》："一段优美且几乎无可挑剔的摘录……并且从注释中获得了很高的附加价值，这些注释充满了公正和原创的批评，表达方式充满了原创性的新鲜感。"

② 第58卷，第349-356页。

体的惊吓"。这些措辞可能因其与当时戏剧语言的相似性而被采用,毫无疑问,这种相似性确实存在;但兰姆模仿的是皮斯托(Pistol)和霍洛费尼斯(Holofernes)的语言,抑或是《哈姆雷特》戏中戏国王那滑稽英雄主义的语言;这种语言与哈姆雷特本人的优雅雄辩相去甚远,正如兰姆先生的讽刺幽默与《罗密欧与朱丽叶》中的默丘特、《无事生非》中的班尼迪克和《皆大欢喜》中的奥兰多的轻松诙谐相去甚远一样。

在这里,评论家真正不满的是兰姆的另一个习惯偏好,即将伊丽莎白时代的小剧作家与莎士比亚相提并论。韦伯斯特不是莎士比亚,正如戏中戏的国王不是哈姆雷特一样。正是这位评论家引发了兰姆对柯勒律治的这些话:

《评论月刊》嘲笑我,还质问我"难道《科玛斯》对兰姆先生来说还不够好吗?"因为我说过,自查理一世去世以来,除了《力士参孙》之外,再没有一部好的严肃剧作问世。所以,因为他们不知道,或者不记得《科玛斯》是很早以前写的,我就会被认为低估了弥尔顿的价值!哦,柯勒律治,消灭那些评论吧,否则它们会消灭我们——消灭我们所喜欢的一切!对其他一切都要友好，但要与它们为敌。①

这是温和的伊利亚（Elia，查尔斯·兰姆的笔名）罕见的一次发脾气。但他将韦伯斯特与莎士比亚相提并论的做法经受住了反对的风暴。在整个十九世纪，许多评论家习惯于将韦伯斯特列为仅次于莎士比亚的悲剧艺术大师。兰姆将其与《暴风雨》中的短歌相比较的那一首挽歌，在1833年让一位作家想起了莎士比亚的另一部作品。他写道："它（挽歌）具有奥菲利娅所有的绝望、痛苦、迷茫、困惑与悲伤。（科尼利亚）低声吟唱的挽歌是多么的美丽和感性，因为理智和痛苦正在为控制她的思想而斗争。"② 如果说胆怯之人常小心翼翼地罗织一张涉及许多其他剧作家的相互比较的网③来掩饰自己的陈述，那么斯温伯恩、戈斯和西蒙兹（Symonds）等大胆之士则畅所欲言：

韦伯斯特在创作范围、新颖度、学识和更明

---

① 1809年6月7日的信（《书信集》前引版本，第2卷，第73页）。

② 《绅士杂志》(1833年5月)，第417页。

③ 正如利·亨特在《想象与幻想》(1844年)第220页中所说的："我认为韦伯斯特和德克尔是莎士比亚时代最杰出的两位天才，因为他们的天赋是未加雕琢的，仅次于贝蒙特和弗莱彻。"多么复杂的比较啊！

显的喜剧形式上远不及本·琼森；在多样性和对话的自然流畅度方面，我们也必须承认他同样不如那位大师。但是，他和莎士比亚一样超然；他强大的灵感源自凡世之外，以深远的眼光看待事物。①

他不使用复仇和鬼魂这种庸俗的题材来发展情节。就此而言，他甚至可以说在血腥悲剧的发展上比《哈姆雷特》更进了一步。②

……在悲剧诗歌最深刻、最高远和最纯粹的品质上，韦伯斯特与莎士比亚的距离比其他任何英国诗人与韦伯斯特的距离都要近，而且接近到他足以排名第二。然而，雪莱能否排为第三，至少也是值得商榷的……因为只有在与莎士比亚相比时，韦伯斯特作为一个悲剧诗人才会处于劣势：跟英国其他作家相比，他无可争议地居于首位。马洛在诗人中的地位的确更高，因为他是创始人和先驱：但是，他的作品没有——当然也不可能有——丰富而完美的结构张力和精妙细节，而韦伯斯特的悲剧在很大程度上能与莎士比亚的

---

① 埃德蒙·戈斯，《十七世纪研究》（1883年、1913年），第50页。
② 约翰·A.西蒙兹，《韦伯斯特与图尔内尔》（1888年），第xi页。

悲剧共享这些优点。①

以上最后一段引文来自斯温伯恩。在同一篇文章中，他称韦伯斯特为"莎士比亚的肢体"和"右臂"。在别处②，他把韦伯斯特和德克尔称为"莎士比亚海洋的海湾或河口"③，这一说法后来遭到了威廉·沃森的反驳：

"莎士比亚海洋的海湾或河口！"这个比喻既生动又真实，它传达了一种阳光明媚、空气清新的感觉，这与韦伯斯特的才华完全不符。他的艺术不是任何微风习习的海洋入口，而更像是一个地下密室，那里从未透过一丝清晨的气味与阳光。在生命的宫殿中，他似乎偏爱居住在某个发霉的地牢里，充满了幽灵般的记忆，散发着死亡的气息。④

但这不是全部。斯温伯恩还必须将韦伯斯特与希

---

① 《莎士比亚时代》(1908年)，第45和47页。但这篇文章最初发表于1886年6月的《十九世纪》杂志，第861-881页。

② 《随笔与研究》(1875年)，第277页。

③ 参考他在《大英百科全书》(1888年)第24卷，中编纂的词条"约翰·韦伯斯特"。

④ 《批评之旅》(1893年)，第18-19页。

腊剧作家相比。① 韦伯斯特比索福克勒斯更伟大,因为索福克勒斯缺乏那种只有埃斯库罗斯、莎士比亚和韦伯斯特才有的"本能的正义感"。至于欧里庇得斯呢？他的地位要低得多,不仅在道德情感上不如韦伯斯特,甚至在戏剧艺术上也不如他。我们可以看到,兰姆将韦伯斯特的追捧者引向了多么奇怪的批评死胡同。

然而,如果说兰姆有一句话比其他任何一句话更能引起争议,那就是他在对维托里亚角色的注解中所写的"纯真之勇"。这只是一个无伤大雅的短语,如果放在今天,评论家们可能压根儿不会注意它,也不会给予评论。但兰姆写下这句话的时候,评论家和读者们都热衷于窥探老剧中人物的内心。当时的伦敦文学界正掀起一股角色研究的潮流,这一潮流由十八世纪的惠特利（Whately）和摩根（Morgann）发起,由柯勒律治和哈兹利特等杰出的莎士比亚剧评家确立和维持,直到1904年《莎士比亚悲剧》出版之后才逐渐消退。批评家们像阅读老诗人的作品一样,怀着巧妙的好奇心和细致的洞察力来阅读他们批评家同行的文章。即使是一句随口的评论、一个旁白、一处笔误,只要涉及戏剧人物,就会被抓住不放。因此,兰姆这个简

---

① 《莎士比亚时代》(1908年),第35-36页。

单的短语虽然只是对"这位意大利白魔"的解释,却吸引了许多学者和虔诚的文学爱好者的注意。韦伯斯特的第一位编者戴斯就很喜欢维托里亚这个角色,但他却对她的"纯真"表示质疑:

> 就我个人而言,我钦佩韦伯斯特的机敏,他以此区分出无辜者在被控重罪时所表现出的对自己清白的十足信心,和那些惯犯在受审时强装的、训练过的镇定自若。维托里亚站在法官面前,能感知到周围的所有恐怖,依靠自己的机智,熟稔美貌的影响力,而且知道在极端情况下布拉基亚诺会为了保护她而进行干预。她的对答如流令人惊讶,但作者从未让她说过一个无辜者在类似情况下可能会说的话。维托里亚无所畏惧,但这是通过努力实现的。她的无畏缺少一种平静,这种平静属于一个知道简单陈述真相就可以打败对手的人。她拥有的是一种高度加工和夸大的勇敢——一种蔑视事实、直面无法反驳的证据,和即使被定罪也要扮演殉道者的决心。①

亨利·哈勒姆(Henry Hallam)在《十五、十六、

---

① 《约翰·韦伯斯特作品集》,4卷本(1830年),第1卷,第viii-ix页。然而,我参考的是1857年版修订后的文本,第xiii-xiv页。

十七世纪欧洲文学导论》(1837-1839年)中将韦伯斯特排在了海伍德之后,但仍然给了他被单独列出介绍的殊荣。哈勒姆同意戴斯的观点,认为兰姆措辞夸张。在他看来,维托里亚的角色"更像是对绝望的内疚的描绘,在伪装的无畏中失去了所有可能引诱或调和法庭的东西"①。在此我们可以看到,讨论已经逐渐从维托里亚的性格特征转向了邪恶的问题。在十九世纪中叶,没有人能比查尔斯·金斯利(Charles Kingsley)更有力、更义愤地对抗邪恶了。因此很自然的,整个伊丽莎白时代剧作家群体,尤其是韦伯斯特,都没有逃过他的注意。在《戏剧与清教徒》一文中,金斯利详细考察了韦伯斯特的两部悲剧,认为它们是十七世纪黑暗、不健康心态的表征。他承认它们是"自莎士比亚时代以来写得最好的两部悲剧",然而在其中却"没有人类灵魂在善恶之间的发展,这正是莎士比亚的专长"。于是,这位冲动的牧师小说家在一声叹息中道出兰姆的措辞:"可怜的伊利亚,他从书本中了解世界,用自己慈爱温柔的内心理解人性,故而谈论维托里亚的'纯真之勇'。"这并不是说兰姆的话不真诚,而是金斯利想知道兰姆是否意识到"韦伯斯特公认的大师级场景的力量只是在于他对邪恶本性的亲密了

---

① 前引书,第2卷,第620页。

解"①。沃德（A. W. Ward）做出了学术上的裁决，宣称兰姆的措辞"完全错误，并且破坏了角色始终保持的一致性"②。甚至对韦伯斯特相当重视的埃德蒙·戈斯爵士也承认兰姆"夸大了维托里亚的'纯真之勇'对我们心灵的影响。当然，蒙蒂切尔索的过分辱骂既与我们对她的喜爱有关，也与她自己相当厚颜无耻的自信有关"③。但斯温伯恩不会眼睁睁地看着人们抨击他的兰姆和韦伯斯特而不进行反抗。在讨论戴斯和金斯利对这句话的反对意见时，他说：

> 我不敢苟同他们的观点，即他从未让受到不公正指控的女主角无辜地说：玛丽求生的语气与她毫无根据的无辜并不矛盾——除非某些人已经认定任何貌似合理的、为她而说的辩词都是有效的；在面对法官公然明显的偏见时，维托里亚提出的论据并不比苏格兰女王提出的论据更闪烁其词，更模棱两可。我们不可能不怀疑诗人在创作这部戏剧时是否想到了二十五年前发生的那场

---

① 《戏剧与清教徒及其他历史论文》（1873年），第48和50页。这篇文章最初出现在《杂集》（1859年）第2卷。

② 《英国戏剧文学史》，3卷本（1875年，1899年新版），第3卷，第58页。

③ 《十七世纪研究》（1883年），第56页。

第四章 查尔斯·兰姆

真实的悲剧：如果不是，那这种巧合就非同寻常了。①

我们目前关注的并不是韦伯斯特在十九世纪后期诗人和学者中的声誉，但是了解他们关于兰姆对韦伯斯特批评的一些观点就能明白《范作》一书的影响力有多大。人们就算强烈反对此书，也仍然对它表示尊重。就韦伯斯特而言，兰姆那极具诱导性的注释为这位剧作家引来了很多有见地的（即使有时是敌对的）关注，这些关注确保了他在更伟大的詹姆斯一世时期剧作家中的稳固地位。无论兰姆所言是否正确，即韦伯斯特在悲剧强度上最接近莎士比亚，无论他是否巧妙地运用了恐怖元素，无论他的维托里亚是否以"纯真之勇"在辩护，韦伯斯特的名字现在已被稳稳地放回文学地图上，成为一个主要城市的名字，拥有无数灯火通明的窗户和黑暗邪恶的拱门。

与此同时，在兰姆的《范作》出版后的几年里，有许多迹象表明人们对韦伯斯特的兴趣增加了。1810年，沃尔特·司各特爵士匿名编纂了一本名为《古代英国戏剧》的老剧合集，其中第三卷也是最后一卷中收录了《白魔》和《马尔菲公爵夫人》。在序言中，韦

---

① 《莎士比亚时代》（1908年），第40页。

伯斯特的名字与贝蒙特、弗莱彻、琼森、福特和马辛格一起被提及，并被视为可与"不朽的莎士比亚"相提并论，而谢利、马斯顿和德克尔只是"名气较小，但值得尊敬的人物"。司各特一定对韦伯斯特印象深刻，因为我们发现，1814年他在艾奥纳岛上的废墟前引用了这两行熟悉的诗句：①

> 你一旦踏上它们
> 你的双脚就踏在了某些古老的历史之上

这两行诗句出自十八世纪选集编纂者最喜爱的一段话，即《马尔菲公爵夫人》第五幕中安东尼奥关于"废墟"的演讲。这种强烈的印象一直伴随着司各特直至他生命的终点，因为数年后的1831年，司各特去世前不久，他在写给戴斯的信中称韦伯斯特是"我们最好的古代剧作家之一"。② 甚至韦伯斯特的次要作品也开始受到关注。1812年，埃格顿·布里奇斯爵士在《英国文献学家》第二卷中收录了疯子之歌（《马尔菲

---

① 约翰·G.洛克哈特，《沃尔特·司各特爵士回忆录》，5卷本（麦克米伦出版社，1900年），第2卷，第433页。

② 赫伯特·J.C.格里尔森等编，《沃尔特·司各特爵士书信集》，12卷本（1932-1937年），第12卷，第1页。

公爵夫人》，第四幕，第二场，第 65-76 行）。① 以前相对被忽视的作品《阿庇乌斯与弗吉尼亚》于 1815 年被 C. W. 迪尔克收录在他的《古英语戏剧》中，随后被编入约翰·佩恩·科利尔（John Payne Collier）编纂的多兹利《往日戏剧》的最后一卷，并于 1827 年重印。当内森·德雷克（Nathan Drake）在 1817 年创作《莎士比亚及其时代》时，他认为有必要在题为"莎士比亚舞台剧时期戏剧文学及其创作者简介"的章节中插入一段关于韦伯斯特的记述。② 德雷克是一位评论家，他早先写过关于奥西恩（Ossian③）的诗歌和高地迷信的文章。但是，如果说他长期以来一直热爱哥特式和忧郁风格，那么他转向伊丽莎白时代戏剧的过程是缓慢的。因为在 1798 年他还在批评选集编者亨利·海德利的观点，即现代人永远失去了"那把由大自然赋予莎士比亚的钥匙……它同样也在他的几个同辈手中，'打开了同情之泪的神圣源泉'"。④ 现在，由

---

① 第 172 页。

② 第 2 卷，第 564-565 页。

③ 另可译为：我相，凯尔特神话中的古爱尔兰著名的英雄人物，传说他是一位优秀的诗人。——译者注

④ 《文学时光》（1798 年），第 444 页及后续页。引用海德利的部分最早出现在《古代英语优美诗歌选》的前言中，2 卷本（1787 年），第 1 卷，第 xxviii 页。

于对古戏剧产生了新热情,他开始意识到为伊丽莎白时代的次要剧作家保留一席之地的重要性,哪怕只是因为他们创造了"时代"。他对韦伯斯特的看法明确而具体,他会把韦伯斯特"放在福特之后,因为其才华仅次于福特",但在"对可怕怪异事物的偏爱"这一点上韦伯斯特和福特相似,"但他的人物更加冲动,无法无天"。① 他也不禁将韦伯斯特与莎士比亚相比较:

> 《维托里亚·科罗姆博纳》第五幕同样展示了韦伯斯特偶尔也能巧妙地吸收莎士比亚的想象力,尤其是当这些特点似乎散发出一种超乎尘世的野性时。然而,追求这种可以被称为无法模仿的卓越必然会伴随着危险,韦伯斯特没能逃过这种危险。因为在莎士比亚自如流畅、超凡脱俗地诠释另一个世界的地方,韦伯斯特却似乎常常在费力地挣脱尘世的枷锁;而且当他终于解放后,又经常成为一个"放荡不羁、误入歧途的灵魂"。然而,尽管他有种种缺点,他的悲剧无疑被打上了天才的印记,并被其神圣化。②

这里值得注意的是那些撰写文学"概览"者对韦

---

① 第564页。

② 第565页。

第四章 查尔斯·兰姆

伯斯特的新态度。在兰姆之前,无数撰写"英国诗歌的兴起与进步"的作者很少提及韦伯斯特的名字,即使在他们论及伊丽莎白时代的戏剧诗歌时也是如此;在兰姆之后,文学史家不仅提及了韦伯斯特,而且常常对他进行广泛讨论。如果内森·德雷克不能被列为史学家的话,我们还有亨利·哈勒姆,如前文所述,他的作品至少在欧洲范围内都有影响力。哈勒姆将马斯顿、查普曼、罗利、图尔内尔和米德尔顿等人放在一起,用一段话草草地把他们打发了,① 但对韦伯斯特,他却慷慨地用了三页的篇幅。②

期刊杂志也更倾向于关注韦伯斯特。《布莱克伍德的爱丁堡杂志》同时做了几件事情来弥补早些时候对《范作》的沉默。它利用 1818 年出版《查尔斯·兰姆作品集》的机会,不仅整体回顾了兰姆的成就,还特别讨论了兰姆对老戏剧的看法。③ 同年,该杂志还刊登了一系列"对早期英国剧作家的分析论文"。其中前三篇讨论了马洛,但接下来的两篇讨论对象变成了韦伯斯特,并在其中深入分析了他的两部悲剧。第

---

① 前引书,第 3 卷,第 621-622 页。
② 同上,第 3 卷,第 619-621 页。
③ 第 3 卷,1818 年 8 月第 17 期。这也是包含了对利·亨特及其"伦敦佬诗歌学派"猛烈抨击的那一期。

一篇文章发表在三月刊上①，主题是较受欢迎的《马尔菲公爵夫人》，开篇讨论了莎士比亚与同行戏剧家之间的差异。署名为"H. M."的作者认为，尽管所有人都写出了伟大的诗歌，但在理解人性方面，无人能与莎士比亚相媲美。没有人能真正刻画出人物。韦伯斯特尤其不能，尽管他具有"真正的原创天赋"，但本质上是一个"单一场景"的剧作家。他用夸张手法描绘邪恶和犯罪，"使它们令人印象深刻、胆战心惊"。但在我们看来，他的戏剧事件中没有"华兹华斯（Wordsworth）所说的'强大的倾向之流'，也没有一个角色像一幅画那样清晰而鲜明地显现在我们面前"。在这种情况下，作者只能引用剧中的一些片段来说明情节。然而，在结束之前，"H. M."特意引用了兰姆关于"可怕的艺术设计的各个部分"那个段落。

第二篇文章发表于八月，②其中的评论更少，同样是用一些跟情节有关的解释性话语将剧中的选段串联在一起。但结尾段落很具启发性：

> 这部戏剧中蕴含着巨大的力量，甚至有许多优美的诗歌，但总的来说，它更令人震惊而不是

---

① 第657-662页。
② 第557-562页。

激动，激情是痛苦的而非悲壮的。事实上，有一些场景完全让人厌恶和恶心——并且卑劣、堕落、毫无原则的角色在整个剧情中吸引了太多的注意力。剧中主要人物的激情中只透出一丝微弱的想象力，他们展现的是邪恶的畸形——无耻放荡的场景一个接一个，既没有伟大的智慧能量，也没有偶尔爆发的道德情感。戏剧的焦点在维托里亚·科罗姆博纳这一角色上，作者以伟大的自由意志勾勒出她的形象——尽管她的自然真实且美丽邪恶引人瞩目，但我们感觉她并不适合成为悲剧的主角，悲剧应该永远与伟大的激情和伟大的事件相关联。然而，这位"威尼斯白魔"身上有一种魅力，伴随着她直至生命尽头——她对死亡的无所畏惧唤起了人们对她的一种类似敬仰的感情。

我不会在死亡时流下一滴眼泪，

如果脸色看起来苍白，不是因为恐惧，而是因为失血。

"H. M."在一些方面领先于金斯利，但读到"这位'威尼斯白魔'"这个称号时，我们带着微笑，因为此时兰姆已经在韦伯斯特的相关问题上彻底为自己正名。我们可以大胆断言，在那之后，所有研究韦伯斯特的人背后都站着伊利亚的幽灵。

兰姆的影响甚至存在于我们意想不到的地方。托马斯·坎贝尔（Thomas Campbell）的选集《英国诗人范作》在他去世后于1819年出版，乍一看，除了书名中的"范作"二字之外，它似乎与兰姆的作品没有任何共同之处。这是一部庞大的七卷集，囊括了从乔叟到克里斯托弗·安斯蒂（Christopher Anstey）的所有重要英国诗人。作为一名诗人，坎贝尔在欣赏早期诗歌时既不乏洞察力又不乏感受力。然而，当他挑选韦伯斯特的作品时，我们发现他在兰姆的巨大阴影下开展工作。因为除了关于维托里亚梦境的诗行外，坎贝尔从韦伯斯特作品中摘录的选段都可以在兰姆那部更早的《范作》中找到。坎贝尔似乎并不十分钟爱韦伯斯特，他写在韦伯斯特选段之前的序言透露出一种略带讽刺的语调：

> 从《马尔菲公爵夫人》剧本前面的宣传语来看，这部作品在演出中似乎并不成功。作者说，"这部作品缺少悲剧的唯一恩典与背景，即一群有理解力的观众"。可以怀疑，这些观众并没有像兰姆先生在撰写《范作》注释时那样，被韦伯斯特的恐怖之美所深深打动。①

---

① 第3卷，第215页。

第四章 查尔斯·兰姆

但是当我们想到讽刺者的错误：将韦伯斯特《白魔》的"致读者"擅自转移至它的姐妹剧中，这种讽刺便失去了力量。

约翰·佩恩·科利尔不太可能犯这种错。在科利尔这个"黑体字"①读者的带领下，我们暂时从美学批评转向历史学研究。许多学者引用了吉尔登的说法，称韦伯斯特是霍尔本圣安德鲁斯教区的书记员。1815年，迪尔克查阅记录却未能找到相关信息。② 现在，在1820年出版的《诗歌十日谈》③中，科利尔试图将这位剧作家认定为撰写了《圣徒指南》（1653年）和《学术反思》（1654年）的"已故军中牧师"约翰·韦伯斯特。由此，他得出进一步的结论，即这位剧作家曾一度做过舞台剧演员，因为托马斯·霍尔（Thomas Hall）针对《学术反思》写了一篇回应，名为《抨击戏剧：鞭答韦伯斯特这位（所设想的）旧日演员》（A Whip for Webster（as' tis conceived）the Quondam Player）。这些断言在十年后引起了戴斯的注意，他对整个问题进行了彻底调查，并完全不认同科利尔持的

---

① 古代英语中，哥特式黑体字意指粗鲁野蛮的风格。——译者注

② 前引书，第5卷，第351页。迪尔克查阅了1624年至1639年的教区登记册。

③ 第1卷，第260-264页。

观点。① 值得一提的是，科利尔在 1846 年再次研究了韦伯斯特的生平问题，当时他声称在谢里奇区的圣莱昂纳德教堂登记册中发现了一位名叫约翰·韦伯斯特的人在 1590 年 7 月 25 日与伊丽莎白·萨顿（Elizabeth Sutton）结婚的记录，以及韦伯斯特的女儿爱丽丝·韦伯斯特（Alice Webster）于 1606 年 5 月 9 日受洗的记录。② 无论科利尔的可靠性③ 及其结论的接受度如何，他在这一领域的活动表明学术界对韦伯斯特生平和作品的新重视。

但这实际上是一个伟大评论家的时代。科利尔猜测韦伯斯特生平的那一年也见证了哈兹利特《伊丽莎白时代戏剧文学讲座》（以下简称《讲座》）的出版。讲座于 1819 年最后两个月在萨里学院举行。在 1819 年之前，哈兹利特对伊丽莎白时代的次要作家可能并不关注，尽管他曾讨论过莎士比亚、本·琼森和贝蒙特与弗莱彻。因为在前往威尔特郡温特斯洛小屋准备讲座之前，他请教了兰姆，并从普洛克特（Procter）那里借来了书籍。④ 哈兹利特在小屋待了六周，其间

---

① 前引书，第 1 卷，第 xiv-xlv 页。

② 参见《莎士比亚剧中主要演员的传记》（1846 年），第 xxxii 页。

③ 参见 F. L. 卢卡斯，前引书，第 1 卷，第 49 页。

④ 参见《威廉·哈兹利特作品集》，P. P. 豪编，21 卷本（1930-1934 年），第 6 卷，第 385 页，编者的导言。

他肯定在屋里的火炉前彻夜阅读剧本，① 之后他带着写好的讲稿和对老剧作家的热情，面色通红、得意洋洋地出现在伦敦。与兰姆的《范作》一样，哈兹利特的《讲座》颇具可读性。他自己将这种温特斯洛时期的风格定义如下：

> 倾向于啰嗦和离题。在其他地方它可能是紧凑的、幽默的、突兀的；但在这里它流淌如河，漫越堤岸。我不必去寻找思想，也不必去追求意象：它们自然涌现，而我随风将之吸入，寂静的树林中荡起千种回响——
> 幻象如诗意之眼所言，
> 挂在每片树叶上，贴在每根树枝上。②

这种批评以宏大和深刻著称。哈兹利特从对伊丽莎白时代文学的整体看法开始，在第二讲中匆匆介绍了李利、马洛、海伍德、米德尔顿和罗利，然后在第三讲中略作停留，讨论了马斯顿、查普曼、德克尔和韦伯斯特，接着像旋风一样转到贝蒙特和弗莱彻、本·琼森、福特和马辛格等人，他们构成了第四讲的主题。第五讲专门讨论了《四个P》《从帕纳索斯归来》

---

① 正如他在讲稿三的末尾自豪地描述的那样。
② 《威廉·哈兹利特作品集》，前引版本，第12卷，第121页。

《老妪格顿的针》等早期文学作品。然后突然跌入德雷顿和丹尼尔的时代，弗朗西斯·贝蒙特爵士和菲尼亚斯·弗莱彻的时代，但在混乱中，也提到了《阿卡迪亚》和更早时期的菲利普·锡德尼爵士的十四行诗。第七讲与戏剧关系更少，实质上是培根的风格与托马斯·布朗爵士（Sir Thomas Browne）和杰里米·泰勒（Jeremy Taylor）风格的比较。在第八讲也是最后一讲中，哈兹利特通过将伊丽莎白时代的戏剧与德国戏剧进行对比来阐述古代和现代义学精神，以宏伟的方式结束了主题。

然而，我们关注的是哈兹利特对韦伯斯特的看法。他对比了韦伯斯特与德克尔。起初，我们不确定他是否认为德克尔更令人满意：

> 我想，如果韦伯斯特有德克尔那样的独创性，他将会是一个比德克尔更伟大的戏剧天才：也许他已经是了，即使没有独创性。

后来，当哈兹利特再次以莎士比亚为衡量标准时，我们对其观点确认无疑：

> 总的来说，他的《白魔》和《马尔菲公爵夫人》也许是已被记载的最接近莎士比亚的作品；

它们的唯一缺点、唯一可被指责之处是：太像莎士比亚，无论是整体构思还是个体表达，常常是对莎剧的直接模仿，"这使它们失去自己的特色"。迄今为止，再无人如莎士比亚这样既难以模仿，又令人向往；但是，如果他（莎士比亚）的所有角色都完全属于他自己，仅仅依靠他们毫无遮掩的优点就从其他人中脱颖而出，就像我之前大加赞扬的诚实的伊达尔戈（Hidalgo）一样，那就更好了。我认为德克尔刻画的人物更加真实，情感更深沉，天性更纯朴，但他并没有像莎士比亚那样运用丰富的想象力或绚丽的语言来为自己的主题装饰。德克尔擅长表达某些习惯性的、根深蒂固的情感，它们在任何情况下都几乎保持不变，是本性与激情中简单纯粹的元素。韦伯斯特为这些情感的多种组合和多变面貌拓展了更大的空间，通过对比和类比将它们带入戏剧场景，用点燃的幻想将它们融为一体，让它们展现了从放纵的激情冲动中产生的大幅余震，并将恐惧和怜悯带入更痛苦的，有时甚至是无法解释的极端。德克尔满足于苦难的历史图景，韦伯斯特则接着描绘了恐怖的幻象。前者的哀婉感动人心而自成一体，后者则用或温柔或可怕的美丽意象来装饰他的情感。总而言之，德克尔更像乔叟和薄伽丘，正如韦伯斯特的思想似乎更像莎士比亚的思想，这种相似既是天性使然，又有刻意模仿之功。戏剧人物贝拉弗朗特和维托里亚·科罗姆博纳展示了这两位优秀作家不同的创造力量和思维方式，一个充满柔情，另一个"充满愤怒"。马泰奥忠实的妻子奔拉着身体坐在家里，"像雌鸽，露出金色的双翅"；而遭受侮辱和迫害的维托里亚则向敌人投射致命的蔑视和恶毒的美丽。这位被称为白魔的女人像患麻风病一样柔弱，如闪电般耀眼。在罪恶与复仇中，她打扮得像个新娘。

此时，我们早已忘记了两者谁更伟大的问题。哈兹利特并没有明确地认定谁更伟大，也许这个问题并不是那么重要。当我们面前有如此精彩的批评时，最重要的是不要走向岔道。韦伯斯特和德克尔代表了两种同样伟大但截然不同的类型。在哈兹利特之前，人们竟然没有想过将他们进行比较，[①] 这着实匪夷所思，因为他们在一起时是那么相得益彰。

当然，哈兹利特有幸在1819年读到了兰姆的作

[①] 利·亨特（《想象与幻想》，1844年，第220页）和斯温伯恩（《论文与研究》，1875年，第277页）后来将他们一起提及。

第四章　查尔斯·兰姆

品，而兰姆在 1808 年没有读到哈兹利特的作品。① 但有时，兰姆只是哈兹利特的陪衬。兰姆称赞了《白魔》中科尼利亚场景里的挽歌，但这并没有让哈兹利特想起《暴风雨》，而是让他想起了《李尔王》：

> ……人类心灵最深处的秘密，最真挚情感的突变回旋，也出自如此娴熟的原创之手，这似乎证明了偶尔的模仿既是明显的，也是多余的。

哈兹利特也不认同兰姆对韦伯斯特能力的看法，即他能"巧妙地调动恐怖元素，深深地触痛灵魂"。我们已经注意到，《马尔菲公爵夫人》在十八世纪享有更大的声誉，但在哈兹利特看来，这部作品并不"像《白魔》那样精神饱满、热情洋溢"，因为尽管包含"更深刻且更具莎士比亚风格"的"偶尔的激情之笔"，但整体来说，这部剧更加矫揉造作。然而更大的异议是，在剧中"恐怖被积累到一个无法抵抗、不可承受的高度"。疯子和死人之手对于哈兹利特来说过于夸

---

① 柯勒律治说哈兹利特抄袭他和兰姆。请参见他的《未发表的信件》，格里格斯编，2 卷本（1932 年），第 2 卷，第 189-190 页。关于哈兹利特对兰姆作为评论家的看法，请参见关于"隐秘学派"的文章（《威廉·哈兹利特作品集》，前引版本，第 8 卷，第 225-226 页），以及《伊利亚和杰弗里·克雷昂》（《威廉·哈兹利特作品集》，第 11 卷，第 178-184 页）。

张，因为它们超越了

> 诗歌和悲剧的正当界限。这种"越界"的特质无论多伟大，我们都希望它不要经常出现。一系列这样的表演强行投射在感官或想象上，必然会导致麻木和硬化，而不是提升想象力或改善心灵。我说的这些话有待纠正，但我希望异义不过是老生常谈。

哈兹利特带着歉意地表达了自己的观点，可能他意识到在这个特定问题上，兰姆一直受到朋友和敌人的困扰。

哈兹利特与韦伯斯特的交集在讲座结束、讲稿出版后并没有结束。此后韦伯斯特被多次提及，[1] 并且被包括在哈兹利特润饰其作品的无数引用和错引中。[2] 但哈兹利特从不满足于仅仅引用，他做的是真正评论家的工作：比较和判断。笼统地说，哈兹利特更关心文学的相对价值，而兰姆则更关注其绝对价值。不管怎样，对于韦伯斯特，哈兹利特并没有"克制自

---

[1] 请参阅《威廉·哈兹利特作品集》，前引版本，第8卷，第192和218页；第7卷，第122和320页；第16卷；第214页，第17卷，第130页；第19卷，第45页。

[2] 同上，第7卷，第53-54页。

己"①，因为很快我们就会发现他将韦伯斯特与拜伦（Byron）这位"撒旦式"作家进行比较。论及拜伦的《马里诺·法列罗》，哈兹利特这样写道：

"自然的一触即使整个世界变得亲密。"——韦伯斯特、德克尔或福特的一句话（更不用说莎士比亚了），抵得上所有说教性和描述性的释义，这些释义针对的是在极度焦虑状态下人们不可见、不可感之物，就像此剧中的情形一样。②

但当他回到拜伦勋爵在《论理性与想象》一文中的戏剧"冒险"时（该文被收录于1826年的《明言者》），他做了一个更明确的比较：

拜伦勋爵最近发起了几次这样的冒险（如果可以称之为冒险的话），并且只要他愿意，可能会继续下去。我们看到的不是一群受特定事件影响、根据自身感受或根据场合要求进行发言的戏剧角色，而是每个人都登上讲坛，发表对宿命、

---

① 就像他在1817年讲授莎士比亚时一样。请参阅H.W.加洛德（H. W. Garrod）所著《哈兹利特在英国批评中的地位》（1925年发表的演讲），第6页。

② 这篇评论最初发表于1821年5月的《伦敦杂志》（参见《威廉·哈兹利特作品集》，前引版本，第9卷，第45页）。

运气和完满事物的看法。个人微不足道,不能占据自己或他人的思想。诗人在书页上写满了宏大的诗篇……与拜伦风格截然相反的是戏剧对话,在那里人们为自己说话,并相互交流,为了阐明这种戏剧对话,我将以旧悲剧中的一段为例,剧中一个兄长刚刚导致其妹妹被暴力杀害……

在这里,我们惊奇地发现哈兹利特引用了费迪南德的话,"盖住她的脸,我的眼睛眩晕,她这么年轻就离世"。他在引文之后继续论述,但这一次,我们的麻烦是不知在哪里叫停他:

他首先带着一种被迫的勇气专注地凝视着尸体,然后,当他的决心动摇时,他转过脸去,想到她的青春、美貌和不幸夭折的厄运,想到他们是一对双胞胎,想到用她的生命来衡量自己的生命,仿佛今后发生的一切都将无关紧要。他的表现多么自然而沉稳!现在我想问,这种对生命从开始到结束这一时间段的沉思,对一个从好到坏、变化多端的生命的思考,以及对说话者一意孤行导致了可悲结局的反省,这难道不足以"让思想停驻"吗?激情的闪现和灾难的打击所揭示的我们生存的全部内涵,难道不足以成为正统悲剧中一个令人震惊的主题吗?意志与不幸事件和他人消极情感的斗争,难道不与对命运反复无常或不可避免的反思,或对人类普遍激情的反思一样引人入胜、富有教益吗?悲剧缪斯不仅发出低沉的声音:我们看到了脸颊上的苍白,和从心脏喷出的鲜血!……

哈兹利特激情澎湃地给拜伦上了一课,告诉他在悲剧艺术中理解人性的重要性。

但是拜伦对于如何创作悲剧的看法早已成形。他决心不追随"那些满是严重错误却仅因其语言之美而得到原谅的老剧作家"[①]。他的《马里诺·法列罗》的模板是希腊的"常规悲剧":

……不要用你们那些疯疯癫癫的老剧作家来评判我,那就像是喝了烈酒却成为清泉。不过毕竟,我想你并不是说烈酒是一种比阳光下汩汩清泉更高贵的元素。我认为这就是希腊作家与那些不入流的写剧本的——除了本·琼森这位学者和古典主义者——之间的区别。[②]

[①] 拜伦1821年1月4日致约翰·默里的信(罗兰·E.普罗瑟罗编,《拜伦勋爵作品:信件和日记》,6卷本,1898-1901年,第5卷,第217页)。

[②] 同上(《拜伦勋爵作品:信件和日记》,第5卷,第218页)。

毫无疑问，那些不入流的写剧本的包括韦伯斯特，拜伦对他了解甚深——甚至在圭乔利事件的波澜之中还会想起《白魔》：

> 接下来是我在这里引发了一场巨大的婚姻纠纷——现在这事情已经提交给教皇（我向你保证，这是认真的），他的神圣决定谁也无法预言。奇怪的是，我为了一个女人（即"白魔维托里亚·科罗姆博纳"）离开了英格兰，现在又不得不为了另一个女人离开意大利。①

拜伦本可以阅读韦伯斯特的旧四开本，或者读多兹利的作品，因为他稍晚一点才熟悉兰姆的《范作》。在1821年，他在与托马斯·梅德温（Thomas Medwin）的一次谈话中说：

> 我刚刚在阅读兰姆的《范作》，惊讶地发现在老剧作家的节选中有很多我原本以为是我独有的想法。例如，这里有一个来自《马尔菲公爵夫

---

① 拜伦1820年7月6日致约翰·默里的信（《拜伦勋爵作品：信件和日记》，第5卷，第47页）。

人》的片段，与《唐璜》中的一段惊人得相似。①

他接着指出，关于对他剽窃老剧作家的指控②是毫无根据的，因为"兰姆的这些'范作'我今天才看到"。但他并不为借鉴他人之作而感到不安。"如果这是个错误，我并不会假装完美无缺"，他告诉梅德温，并补充说："我会借给你几卷《沉船记》，《唐璜》中的风暴情节就是从中借鉴而来的。"③

因此，这些老剧作家，特别是韦伯斯特，只不过提供了一堆词句和意象，供拜伦"像君主一样"随意取用。在戏剧创作艺术方面，他们并未教授给他任何东西。他们并非榜样，拜伦告诉雪莱：

> 我阅读了《钦契》——我认为这个主题本质上是非戏剧性的，但除此之外，我并不仰慕我们的老剧作家，不觉得他们是榜样。我否认英国迄今为止有过真正的戏剧。不过，你的《钦契》是

---

① 《拜伦勋爵交谈录》，2卷本（巴黎，1824年），第1卷，第147-148页。

② 例如，哈兹利特在《伦敦杂志》中提出的指控。

③ 前引书，第1卷，第148页。

一部充满力量和诗意的作品。①

但雪莱显然对老剧作家有不同看法。他没有在语言上借鉴他们，只是在精神上像他们一样创作悲剧。这就是为什么很难证实常被提及的一个说法，即《钦契》具有伊丽莎白时代戏剧或韦伯斯特戏剧的特点，尽管人们当然可以指出第五幕中的罪行、恐怖、审判和定罪与《白魔》中的事件有些许相似之处。雪莱自己也喜欢收藏所有老剧作家的作品，②他尤其喜爱《马尔菲公爵夫人》。我们再来看看不知疲倦的梅德温记录的言论：

> 在英国戏剧中，他非常钦佩《马尔菲公爵夫人》，他认为地牢场景堪比莎士比亚的任何作品，在那一幕中马尔菲公爵夫人把行刑者视为寓言式人物，比如"陶彻"（Torture 折磨）和"莫德"（Murder 谋杀），或者其他一些阴森的拟人化形象。事实上，他一直在阅读的老剧作家——米德尔顿、韦伯斯特、福特、马辛格、贝蒙特和弗莱

---

① 1821年4月26日的信（《拜伦勋爵作品：信件和日记》，第5卷，第268页）。

② 托马斯·梅德温，《珀西·比希·雪莱传》，H. B. 福尔曼编（1913年），第256页。

彻——的作品，是他汲取纯粹而有力风格的源泉，正是这种风格使《钦契》与众不同。①

兰姆听到这些一定特别愉悦，正如我们所见，他在欣赏"寓言式人物"方面几乎总是孤身一人。托马斯·洛维尔·贝道斯（Thomas Lovell Beddoes）对老戏剧中的恐怖同样着迷，他的《新娘的悲剧》和《死亡的笑话》实际上让人想起了韦伯斯特，但他有意识地反对他所谓的伊丽莎白时代的"幽灵"：

> 无论你说什么——我坚信，唤醒戏剧的人一定是一个大胆的践行者——不是爬进虫洞的人——甚至不是校订者——无论多么优秀。这些幽灵犹如吸血鬼一样冷酷。我敢说像马洛、韦伯斯特这样的幽灵，是比我们的任何同辈都更优秀的戏剧家和诗人——但他们是幽灵——蛆虫就在他们的书页里——我们想看到一些我们曾祖辈不知道的东西。虽然我对古老的戏剧无比敬重，但我仍认为，我们最好是创造而不是复兴——试图赋予这个时代的文学一种独特的个性和精神，只是唤起一个供我们凝视的幽灵，而不是与之同

---

① 《珀西·比希·雪莱传》，第 256 页。

生——现在，戏剧是一座幽灵出没的废墟。①

然而，贝道斯的情况是一个思想分裂的有趣案例。因为他不仅继续阅读吸血鬼和蛀虫的内容，而且实际上在自己的诗集《即兴者》（牛津，1821 年）的书名页上印上了韦伯斯特的《阿庇乌斯与弗吉尼亚》中的诗句②作为座右铭。此外，他还建议他的一位朋友购买市面上出现的古戏剧新选集：

> 你完全不必怀疑这部新出的英国古老戏剧集。你翻开马辛格第一卷的前言，看一下从沃伯顿（Warburton）的空想背后保留下来的剧目清单。它出自兰兹·唐恩（Lands-downe）的收藏，毫无疑问是真品，内容精彩纷呈。它之后还会有其他一些最令人期待的再版作品——《魔鬼的诉讼》——马斯顿的《贪得无厌的伯爵夫人》——米德尔顿的喜剧，及其他珍贵稀有之作。此外，这是一本非常漂亮的小书，内附一幅红牛剧场的木刻图，绝对值得你钱包中最后半个克朗。你已经

---

① 1825 年 1 月 11 日致托马斯·福布斯·凯萨尔的信（《托马斯·洛维尔·贝道斯作品集》亨利·W. 唐纳编，1935 年，第 595 页）。

② 引用的诗句是：我以一种不熟练但积极的声音歌唱（第四幕，第一场，第 332—334 行）。

购买了柯克·怀特（Kirk White）的书，还在犹豫什么！①

但这种比较不仅适用于被遗忘的柯克·怀特。有时贝道斯也对自己能否写出和伊丽莎白时代作家一样好的作品感到绝望：

> 只要读一幕莎士比亚的戏剧，一点弥尔顿的作品，一两场极其真实的《钦契》，一些韦伯斯特、马斯顿、马洛的剧作，或者事实上任何深刻、自然、亲切的作品，然后再拿起这些教科书——你会立刻感觉到这些东西（教科书）是多么勉强、造作、枯燥无味。②

我们目前所见证的是，迄今为止较为默默无闻的伊丽莎白时代和詹姆斯一世时期戏剧作家的声誉逐渐展现出一种新局面，尤其是韦伯斯特。可以说，在过去，韦伯斯特的声誉随着伊丽莎白时代那些次要作家的声誉起起落落，但从现在起，他们的声誉则随着他

---

① 1829年4月30日致凯萨尔的信（《托马斯·洛维尔·贝道斯作品集》，第586页）。

② 1829年4月30日致凯萨尔的信（《托马斯·洛维尔·贝道斯作品集》，第645页）。

的起起落落。在贝道斯列出的几位老剧作家名单中，韦伯斯特的名字不是位列第一，就是紧随其后；这样说也许有点太过刻意。毕竟，并非人人都喜爱他。但是有人阅读他，有人评论他，有人对他赞不绝口，有人对他深恶痛绝。过去，只有少数学者通过改编或印刷他的剧作来光顾他，并且当不得不陈述这样做的理由时，他们感到歉意。而现在，恰恰相反，甚至像拜伦这样的一流诗人也感受到了韦伯斯特及其同行那无形、无意的"入侵"。这些老作家的影响现在已经潜移默化地渗透到了文学创作领域。拜伦针对他们的强硬言辞不仅仅是对这个现象的反应，更是对它的抵抗。导致这种变化的最重要因素不是期刊上的评论家，[①]也不是学者，而是查尔斯·兰姆在《范作》中的选段与注释。

至于兰姆本人，由于他的选集正在被合适的人阅读[②]和讨论——因为人们有理由相信，《范作》的公

[①] 1823年《回顾评论》收录了一篇讨论韦伯斯特剧作的文章，内容微不足道，第87-120页。

[②] 华兹华斯曾要求别人放下书本，却在1830年因日渐衰弱的视力而感到困难时读兰姆的摘录。参看他1830年1月10日致兰姆的信（恩尼斯特·德·赛林斯科特编《信件：晚年》，3卷本，牛津，1939年，第1卷，第446页）。约翰·克莱尔称赞兰姆，因为他"让我们那些温暖朴素的古老诗人以其独特风格重生"。参阅 J. W. 蒂布尔编《诗歌》(1935年)，第2卷，第112页。

第四章 查尔斯·兰姆

众读者群仍然很小，其第二版直到1835年才印刷出来——而且他在东印度公司那奴隶般的办公生涯也结束了，他便重新回到大英博物馆的"王室公寓"中，阅读加里克收藏的古老剧作。他依然保持着从书中摘录的老习惯，并试图更公正地对待莎士比亚前辈们的作品，他从皮尔（Peele）、格林（Greene）和洛奇（Lodge）等人的剧作中选取了比1808年《范作》中更多的段落。1827年，威廉·霍恩（William Hone）主编的周报《桌书》开始刊登这些节选与相对稀疏的注释。在两次探索博物馆珍宝的间隙，兰姆并没有忘记韦伯斯特。他引用韦伯斯特：①

> ……威尔伯福斯会赐予我们星期二吗？不，可恶的他。
> 他会把六天变成七天，
> 把那三个令人愉快的季节
> 变成俄罗斯的冬天
>
> 老剧

---

① 1824年初春致伯纳德·巴顿的信（《书信集》，第2卷，第420页），引语出自《马尔菲公爵夫人》第四幕，第一场，第117—118行。

· 209

他转述韦伯斯特：①

> ……别介意我的迟钝，我已经习惯了长久的沉闷。天空对我来说就像黄铜一样坚硬——然后又来了令人耳目一新的阵雨。"以前我也曾欢乐过一两次。"

现在，他又"随意采千剧之花"，抄录了《魔鬼的诉讼》中的六个选段。他附在这些段落后面的注释太简短，并非他的最佳风格，但仍然富有启发性：

> 韦伯斯特是霍尔本圣安德鲁斯教区的书记员。在这部以及其他悲剧中，他对教堂事务、亵渎神灵、墓碑的反复提及，以及频繁的挽歌，可以追溯到他的职业同情心。

也许兰姆并不知道，档案材料既未证实也未反驳吉尔登的声明。但查阅档案是学者的工作，学者有必要对兰姆的工作进行补充，即拂去旧声誉上的尘土，并奠定批评性鉴赏的基石。兰姆在韦伯斯特和其他剧

---

① 1824年1月23日致伯纳德·巴顿的信（《书信集》，第2卷，第416页）。参考《马尔菲公爵夫人》第四幕，第二场，第27行，"天空似乎是由熔化的黄铜制成的"。

作家身上均表现出色。在很长一段时间里,韦伯斯特将是兰姆的韦伯斯特,即由兰姆的选段和注释所塑造的韦伯斯特。但从文本意义上来说,一个更为完整、更为纯粹的韦伯斯特也正在形成。兰姆的诗句写完后不久,一位学者不仅查阅了教区登记册,调查了特权办公室关于韦伯斯特生平的文件,而且认真整理了他的剧本文本。这位学者的努力很快有了成果,兰姆目睹了亚历山大·戴斯编写的首部完整版约翰·韦伯斯特作品集于1830年问世。

结语

结语

韦伯斯特的声誉在1830年之后的演变或多或少为伊丽莎白时代戏剧的研究者们所熟悉。在这里，作为结语，我们只能勾勒出最基本的轮廓。韦伯斯特作为最伟大英语剧作家之一的地位曾经被两派人否定，分别是虔诚派和剧院派。我们曾引用过查尔斯·金斯利和威廉·沃森的话。他们代表了义愤的道德观，认为擅长描绘邪恶的作家不该被盛赞为在悲剧艺术造诣方面最接近莎士比亚。这种反对也许并不仅仅针对韦伯斯特本人，而是针对整个詹姆斯一世时期的剧作家群体，但是由于韦伯斯特的显赫地位，他的名字总是被拿来作为一个特别恶毒的"魔鬼辩护人"的名字，但即使批评者们对韦伯斯特的思想态度非常反感，他们也不得不承认其诗歌中的惊人之美。对于这种攻击，韦伯斯特最热情的崇拜者斯温伯恩回答说，韦伯斯特"毫无例外是他那个时代最干净的写作者，正如马斯顿是最粗俗的写作者"。不，"没有比韦伯斯特在道德方面更高尚的诗人"。[①] 相比之下，韦伯斯特的其他支持者——从埃德蒙·戈斯爵士和约翰·阿丁顿·西蒙兹到鲁伯特·布鲁克——的观点相对温和，他们声称韦

---

① 《莎士比亚时代》(1886年)，第59和36页。

伯斯特的优势"不在于情节构建或人物塑造，而在于对戏剧情境的敏锐感知"①。因此，众多撰写过伊丽莎白时代文学史的学者（对韦伯斯特）得出的结论具有不同程度的一致性，也伴随着各种修订。

但随着威廉·阿彻将易卜生和现代现实主义戏剧带入英国，讨论的中心转移到了戏剧技巧上。鉴于韦伯斯特是一位诗人，那他是一位剧作家吗？阿彻认为他不是。在诸如1923年的《新老戏剧》等著作中，阿彻以最生动的语言描述了韦伯斯特的作品，将其作为老诗剧原始及粗鲁特点的典型案例。萧伯纳对韦伯斯特及其同伴的评论甚少，但极为明确地将这位剧作家称为"杜莎蜡像馆的桂冠诗人"②，这似乎一下子就包含了两项指控，即对犯罪和酷刑场面的粗俗沉迷，以及呈现这些场面时同样粗俗的艺术。诗剧也许是诗歌，但肯定不是戏剧。

如果韦伯斯特随着诗剧的衰落而沦陷，他很快将被T. S. 艾略特颇具影响力的论断所拯救，艾略特认为，唯一配得上戏剧之名的是诗剧，因为"人的灵魂要通过诗歌表达自己强烈的情感"。③ 艾略特坚持从整

---

① 约翰·A.西蒙兹编，《韦伯斯特和托纳尔》(1888年)，第xii页。
② 写于1898年。见《90年代我们的剧院》，3卷本（1931年），第3卷，第334页。
③ 《文选》，第二版（1934年），第46页。

体上理解伊丽莎白时代的戏剧模式,有助于推动对伊丽莎白时代文化各个方面的研究。根据所获的新知识,特别是对伊丽莎白时代舞台惯例、观众心理学、"不满者"类型的演变以及伊丽莎白时代的言语方式等方面的了解,人们对韦伯斯特有了更好的理解和欣赏。但目前更多人阅读韦伯斯特作品——F. L. 卢卡斯编纂的权威文本或后续版本——的原因,可能在于玄学诗歌的流行。韦伯斯特因其描绘恐怖场景的才智和表达精神绝望的技巧而受到追捧。艾略特称韦伯斯特为"一个被引向混沌的伟大文学和戏剧天才"①,并很好地总结了对他的新看法:

> 韦伯斯特为死亡着魔,
> 看到皮肤下的骷髅;
> 地下无胸的生物向后倾斜,
> 没有嘴唇露齿而笑。
>
> 水仙球取代了眼球
> 从眼窝的窗口凝视!
> 他知道思想缠着死去的肢体
> 收紧它的欲望和享乐。

---

① 《文选》,第二版(1934年),第46页。下面的文段引自他的诗作《永恒的低语》。

附录

韦伯斯特戏剧在 1708 年前的演出[①]

使用的缩写：

吉拉德·E.本特利：《詹姆斯一世和卡罗琳时期的舞台》。7 卷本，牛津，1941 年以后。

爱德蒙·K.查尔默斯：《伊丽莎白时代的舞台》。4 卷本，牛津，1923 年。

约翰·P.科利尔：《莎士比亚戏剧的主要演员回忆录》。1846 年。

约翰·唐斯：《英国圣公会罗西厄斯》。1708 年。

弗雷德里克·G.弗雷：《英国戏剧 1559—1642 年传记编年史》。2 卷本，1891 年。

约翰·格内斯特：《1660—1830 年英国舞台的简要记述》。10 卷本，1832 年。

威廉·J.劳伦斯：《〈马尔菲公爵夫人〉的日期》，刊于《雅典娜神庙》，第 4673 号，第 1235 页，1919 年 11 月 21 日。

弗兰克·L.卢卡斯：《约翰·韦伯斯特全集》。4 卷本，1927 年。

---

① 1708 年，因为距今最近的一场演出是 1707 年 7 月 22 日在哈伊马克市场上演的《马尔菲公爵夫人》，当然不包括韦伯斯特戏剧的现代复兴演出，最早的一场现代复兴演出似乎是 1850 年 11 月 20 日在萨德勒威尔斯剧院上演的由 R.H.霍恩改编的。

埃德蒙·马龙：《威廉·莎士比亚的剧本和诗歌》，詹姆斯·博斯威尔编。21卷本，1821年。

奥拉迪斯·尼科尔：《1660-1700年复辟时期戏剧史》。剑桥，1923年，修订版，1927年。

乔治·F.雷诺兹：《1605-1625年在红牛剧场上演的伊丽莎白时代戏剧》。纽约和伦敦，1940年。

艾尔莫尔·E.斯托尔：《约翰·韦伯斯特》，马萨诸塞州，剑桥，1905年。

蒙特古·萨默斯：《复辟时期的剧院》。1934年。

1.《白魔》

日期	地点	剧团	权威来源
1.1609—1612①	红牛剧院②	安妮女王剧团	1612年四开本标题页
2.1622年③	凤凰剧院	亨丽埃塔·玛丽亚女王剧团	1631年四开本标题页
3.1661年10月2日④	弗尔街剧院	国王剧团	佩皮斯（维特利，第2卷，第114页）
4.1661年10月4日	弗尔街剧院	国王剧团	佩皮斯（维特利，第2卷，第116页）
5.1661年12月11日	弗尔街剧院	国王剧团	赫伯特（亚当斯，第117页）

2.《马尔菲公爵夫人》

日期	地点	剧团	权威来源
1. 1613 年[5]	环球剧院 & 黑修士剧院	国王剧团	1623 年四开本第一版演员表
2. 约 1617 年	环球剧院 & 黑修士剧院	国王剧团	(卢卡斯，第 2 卷，第 5 页[6])
3. 1622 年[7]	环球剧院 & 黑修士剧院	国王剧团	1623 年四开本第二版演员表
4. 1630 年 12 月 26 日	宫内剧院	国王剧团	福尔杰手稿 2068.8 引用本特利，第 1 卷，第 28 页
5. 1662 年 9 月 30 日	林肯茵河广场	公爵剧团	佩皮斯（维特利，第 2 卷，第 348 页）
6. 1668 年 11 月 26 日	林肯茵河广场	公爵剧团	佩皮斯（维特利，第 8 卷，第 165 页）
7. 1676 年[8]	多塞特花园剧院	公爵剧团	1678 年四开本演员表
8. 1685/6 年 1 月 13 日	白厅剧院	联合剧团	1686 年 5 月 15 日皇家令状，引自尼科尔（第 312 页）
9. 1707 年 7 月 22 日[9]	海马市场剧院	女王剧团	1708 年四开本演员表

3.《魔鬼的诉讼》

日期	地点	剧团	权威来源
1. 1620 年[10]	红牛剧院[11]	安妮女王剧团	1623 年四开本标题页

4.《阿庇乌斯与弗吉尼亚》

日期	地点	剧团	权威来源
1. -1639 年[12]	德鲁里巷[13]大公鸡剧院	比斯顿的男孩儿剧团	宫务大臣的记录引述马龙，瓦里奥拉姆，第 3 卷，第 159 页
2. 1669 年 5 月 12 日	林肯律师学院剧院	公爵剧团	佩皮斯（维特利，第 8 卷，第 322 页）[14]

5.《摘下绿帽》

日期	地点	剧团	权威来源
1. ？？	？	？	柯克曼的1661年四开本标题页，"这部剧曾多次演出，广受好评"。

注：

① 钱伯斯，第3卷，第509页。

② 雷诺兹，第19页。

③ 对这场演出有一些混淆，通常认为与1609-1612年的首演是同一场。马龙在他1631年四开本（牛津大学图书馆，马龙162[5]）的扉页上手写注释："第一版于1612年印刷。见第59卷，手写。它最初（1612年）由女王（安妮女王）的仆人们演出，正如现有标题页所提到的，但德鲁里巷的凤凰剧院当时尚未建成。我相信他们当时是在红牛剧院演出的。"但1631年版的标题页上提到的女王的仆人们是指亨丽埃塔·玛丽亚女王的仆人，他们在约1622年复排了这部剧，这一日期最早由弗利（第2卷，第271页）提出。另见卢卡斯，第1卷，第195页。

④ 我这里遵循佩皮斯的记载，而不是唐斯，因为我怀疑他们指的是同一场演出。唐斯在第9页中把《维托里亚·科罗姆博纳》列为国王剧团保留剧目中的"主要老戏剧"。由于他早先提到过德鲁里巷的新剧院，戏剧上演的地点可能让人以为是在1663年5月7日皇家剧院德鲁里巷开幕之后上演的。然而，唐斯错误地给出了首演日期为"复活节周的周四，即1663年4月8日"（第3页），他对日期掌握不准。此外，他列出的许多老剧目在1663年之前就在弗尔街剧院演出过，也在后来的德鲁里巷剧院演出过。这样说来，佩皮斯在1660年11月27日《轻蔑的女士》上演时看过此剧，1661年1月和2月上演时也看过。莎士比亚的《温莎的风流娘儿们》（与《白魔》一起列出）于1660年11月9日和12月5日以及1661年9月25日演出过。《快乐的凯鲁》《菲拉斯特》《埃德蒙顿的顽皮恶魔》同样列在这一组中，都在1663年之前由国王的仆人们在老弗尔街剧院上演过。

⑤ 本特利，第 1 卷，第 132 页；钱伯斯，第 3 卷，第 510 页，"1613-1614 年"；劳伦斯，第 1235 页，"1613 年 2 月至 1614 年 11 月之间"。

⑥ 然而，这次演出并未出现在任何演员名单中。另见钱伯斯，第 3 卷，第 510—511 页，他提到斯托尔引用布西诺的话，认为"这部剧在布西诺 1618 年 2 月 7 日写作之前不久曾上演过"。

⑦ 科利尔，第 204 页，"……可能于 1622 年复演"；本特利，第 1 卷，第 132 页，"1619-1623 年"。

⑧ 萨默斯，第 217 页。

⑨ 吉内斯特，第 2 卷，第 374 页。

⑩ 关于日期，我遵循卢卡斯，第 2 卷，第 216 页。但弗莱（Fleay），第 2 卷，第 273 页，建议"确切日期为 1610 年"。本特利，第 1 卷，第 174 页，"在 1615 年之后"。

⑪ 雷诺兹，第 21 页。

⑫ 不同的日期被提出。卢卡斯，第 3 卷，第 130 页，认为是"1625-1630 年"；钱伯斯，第 3 卷，第 508 页，认为是"大约 1608 年"。但如果演员来自比斯顿的男孩儿剧团，那么演出不可能早于 1637 年，因为该剧团是在那一年首次成立的。1654 年四开本的标题页未提供关于演出时间的信息。

⑬ 也有一种微小的可能性，演出地点是红牛剧院。参见雷诺兹，第 18 页。

⑭ 然而，佩皮斯称其为《罗马处女》。唐斯在第 30 页中记录的可能是同一场演出。1679 年重印版的标题页写道："在公爵剧院上演，名为《罗马处女》或《不公正的法官》。"

参考文献

本文的参考文献指提及、代表或讨论到韦伯斯特或他作品中的书籍、文章、目录等。每个项目开头的日期通常指的是其出版日期，日记、回忆录、谈话等日期表示韦伯斯特首次被提及的年份。然而，并未尝试详尽查找。

作品：

《约翰·韦伯斯特全集》，F. L. 卢卡斯编，4 卷本，1927 年。

1615 年　豪斯－斯托，《年鉴：英格兰通史》。

约 1616 年　爱德华·普德西，札记书（手稿）。

1617 年　亨利·菲茨杰弗里，《由多位杰出才子创作的某些挽歌》。

1635 年　托马斯·海伍德，《福音天使的等级》。

1648 年　墨丘利·普莱格麦提修斯，《精明的克伦威尔（第二部）：奥利弗的王者荣耀》。

1651 年　S. 谢帕德，《神学、哲学和浪漫主义警句集》。

1655 年　约翰·科特格雷夫，《英语智慧与语言宝库：精选自英国最佳戏剧诗作》。

参考文献

1656 年　[罗杰斯和莱伊],《所有已出版剧本的准确和完整目录》。

1656 年　[爱德华·阿彻],《所有曾经出版的剧本的准确和完整目录》。

1656 年　[塞缪尔·霍兰],《智慧与幻想迷宫：无与伦比的爱情与美丽的冠军》。

1657 年　威廉·伦敦,《英格兰最畅销书籍目录》。

1661 年　塞缪尔·佩皮斯,《日记》(H. B. 惠特利编, 10 卷本, 1893—1899 年)。

1661 年　弗朗西斯·柯克曼,《所有喜剧、悲剧、悲喜剧、田园剧、假面剧和幕间剧的真实、完整且准确的目录》。

1671 年　弗朗西斯·柯克曼,《所有英语舞台剧的准确目录》。

1671 年　《学期目录 1668—1709》(爱德华·阿伯尔编, 3 卷本, 1903—1906 年)。

1675 年　爱德华·菲利普斯,《诗人剧场》。

1675 年　威廉·克鲁克,《图书目录》。

1680 年　尼古拉斯·考克斯,《所有喜剧、悲剧、悲喜剧、歌剧、假面剧、田园剧和幕间剧的准确目录》。

1687 年　威廉·温斯坦利,《最著名的英国诗人生平：帕纳萨斯的荣誉》。

· 227 ·

1688 年　杰拉德·朗贝恩,《摩墨斯的胜利：喜剧、悲剧目录中英国舞台的抄袭者》。

1688 年　杰拉德·朗贝恩,《英国戏剧新目录》(上述目录的重新发行,带有新标题页和启事)。

1691 年　杰拉德·朗贝恩,《英语戏剧诗人传》。

1694 年　詹姆斯·赖特,《乡村对话》。

1696 年　约瑟夫·哈里斯,《城市新娘》。

1698 年　[查尔斯·吉尔登],《英国戏剧诗人生平与性格》。

1698 年　[匿名],《戏剧诗的辩护：对科利尔先生观点的评论》。

1699 年　[詹姆斯·赖特],《舞台史》。

1707 年　纳胡姆·泰特,《受伤的爱情：残忍的丈夫》。

1708 年　休·纽曼,《致亨利王子的"献词"》(1708 年版《杜切斯夫人》之前,题为《不幸的杜切斯夫人,或不自然的兄弟》)。

1708 年　约翰·唐斯,《英国的罗修斯》。

1713 年　W. 米尔斯,《所有曾经用英语出版过的戏剧的真实且准确的目录》。

1715 年　W. 米尔斯,《截至 1715 年 10 月的戏剧目录续篇》。

1719 年　W. 米尔斯,《所有曾经用英语出版过的戏剧的完整目录》。

1719 年　吉尔斯·雅各布,《诗人名录》。

1726 年　W. 米尔斯,《所有曾经用英语出版过的戏剧的完整目录》。

1728 年　亚历山大·蒲柏（与约瑟夫·斯宾塞的对话，见于后者的《书籍和人的轶事、观察和特征》，S. W. 辛格编，1820 年）。

1731 年　[亨利·菲尔丁],《悲剧中的悲剧：大拇指汤姆的一生》。

1732 年　W. 菲尔斯,《所有曾经用英语出版过的戏剧及相关作品的真实且准确的目录》。

1733 年　刘易斯·西奥博尔德,《莎士比亚作品全集》, 7 卷本。

1735 年　刘易斯·西奥博尔德,《致命的秘密》。

1738 年　托马斯·海沃德,《英国缪斯》, 3 卷本。

1744 年　罗伯特·多兹利,《往日戏剧》, 12 卷本。

1747 年　[约翰·莫特利],《戏剧作家完整名单及其生活记述》。

1750 年　[威廉·鲁弗斯·切特伍德],《英国剧院》(都柏林，1750 年；伦敦，1752 年)。

1753 年　《直到迪恩·斯威夫特时代的大不列颠和爱

尔兰诗人生平》，5卷本（"西博先生及其他人编撰"）。

1756年　《英国舞台的美丽》，3卷本。

1756年　[威廉·鲁弗斯·切特伍德]，《戏剧记录》。

1756年　[威廉·鲁弗斯·切特伍德]，《戏剧作家及其作品名单》。

1761年　《诗歌词典》，4卷本。

1764年　[大卫·厄斯金·贝克]，《剧院指南》，2卷。

1777年　《英国戏剧佳作》，4卷本。

1779年　《剧院袖珍指南：剧场手册》。

1780年　罗伯特·多斯利，《旧剧本精选集》，艾萨克·里德修订，第2版，12卷本。

1782年　大卫·厄斯金·贝克，《戏剧传记》，艾萨克·里德编，2卷本，（《剧院指南》的新版本）。

1783年　爱德华·卡佩尔，《莎士比亚注释及各种读本》，第3卷。

1788年　约翰·埃格顿，《戏剧回忆录》。

1790年　埃德蒙·马龙，《威廉·莎士比亚的戏剧和诗歌》（詹姆斯·博斯韦尔编，21卷本，1821年）。

1792年　《新戏剧词典》。

1794 年　沃尔特·怀特,《莎士比亚注释范本》。

1801 年,《贝克对埃格顿〈戏剧回忆录〉的续篇》。

1803 年,《贝克戏剧完整列表》。

1808 年　查尔斯·兰姆,《莎士比亚时代英国戏剧诗人之范作》。

1809 年　《评论月刊》(4 月)。

1809 年　《年度评论与文学史》。

1810 年　[沃尔特·司各特爵士],《古代英国戏剧》,3 卷本。

1811 年　塞缪尔·泰勒·柯勒律治,《柯勒律治的莎士比亚批评》,T. M. 雷瑟编,2 卷本,1930 年。

1812 年　埃格顿·布里奇斯爵士,《英国文献学家》,第 2 卷。

1812 年　大卫·厄尔斯金·贝克,《戏剧传记》,斯蒂芬·琼斯编,第 3 版,3 卷本。

1814 年　沃尔特·司各特爵士,《沃尔特·司各特爵士回忆录》,J. G. 洛克哈特编,5 卷本,1900 年版。

1814 年　贝克,《戏剧记录》。

1815 年　查尔斯·温特沃斯·迪尔克,《古英语戏剧》,6 卷本。

1817 年　内森·德雷克,《莎士比亚及其时代》,2 卷本。

1818年 《布莱克伍德的爱丁堡杂志》(3月和8月)。

1819年 托马斯·坎贝尔,《英国诗人范作》,7卷本。

1820年 J. 佩恩·科利尔,《诗歌十日谈》,2卷本。

1820年 威廉·哈兹利特,《伊丽莎白时代戏剧文学讲座》。

1820年 拜伦,《拜伦勋爵作品:信件和日记》,罗兰·E. 普罗瑟罗编,6卷本,1898-1901年;《拜伦勋爵交谈录》,托马斯·梅德温编,2卷本,巴黎,1824年)。

1820年 雪莱,《珀西·比希·雪莱传》,托马斯·梅德温著,H. 巴克斯顿·福尔曼编,1913年。

1821年 托马斯·洛维尔·贝道斯(《托马斯·洛维尔·贝道斯作品集》,H. W. 唐纳编,牛津,1935年。

1823年 《回顾评论》。

1824年 爱德华·菲利普斯,《英国诗人剧场》,埃格顿·布里奇斯爵士编,日内瓦。

1825年 罗伯特·多斯利,《旧剧本精选集》,艾萨克·里德、奥克塔维乌斯·吉尔克里斯特和J. 佩恩·科利尔编,第3版,12卷本,1825-1827年。

1830年 亚历山大·戴斯,《约翰·韦伯斯特作品集》,4卷本。

译后记

译后记

  王佐良先生作为我国英语界的泰斗级人物、享誉中西的外国文学专家，在英语文学、比较文学、文体学及文学翻译等方面均有极高的造诣。我与王佐良先生的缘分，始于1992年那个充满变数与希望的考博之年。那时，出国深造本是我的初衷，但种种现实因素让我在人生的岔路口踌躇许久。最终，我鼓起勇气报考了王佐良先生的博士生，这一决定彻底改变了我的人生轨迹，让我有幸成为先生的学生，并开启了一段受益终身的求学之旅。

  初入北外，我就被先生严谨的治学态度所震撼。先生要求我每周阅读两本英文小说，并就其中一本撰写一篇读书报告。这一高强度的阅读任务，起初让我倍感压力，但随着时间的推移，我发现自己的阅读速度有了很大提高，视野得到了极大的拓展，英语写作能力也在不知不觉中得到了提升。先生对待我写的读书报告也极为认真，每一份他都会仔细批改，不放过任何一个细节。那些被他修改得密密麻麻的报告让我深刻领悟到，做学问容不得半点马虎。

  先生对英国文学的热爱发乎于心，融入骨髓。从彭斯的质朴民谣，到雪莱的激昂颂歌；从华兹华斯的自然抒情，到拜伦的浪漫叙事，先生都能脱口成诵，仿佛那些诗句早已与他的生命相融。不仅如此，大段大段的莎剧台词，他也能信手拈来，演绎得淋漓尽致。先生著作等身，他的文字简洁明快，富有感染力，表现真情实感。他就像一个武林高手，大道至简，至于无形，简单几个招式，就将心中所思诉诸笔端。然而，正是这种不事浮华的诚挚，让先生的作品更加富有生气。听徐序师母说过，先生自己也写诗，并收集成册，文革时期为避免引来灾祸，付之一炬，实乃憾事一桩。怀念先生的日子里，我时常阅读他的著作与论文，细心体会先生的诚意之作。

The Literary Reputation of John Webster to 1830 是先生在牛津读书时的硕士学位论文。这是一部在英国文学研究领域具有重要价值的学术著作，曾于1975年由奥地利萨尔茨堡大学英国语言文学研究所出版单行本，成为该校编印的"詹姆斯一世时期戏剧研究丛书"之一。它之后被收录于《王佐良全集》（第七卷），由外语教学与研究出版社在2016年4月出版英文原文。

论文旨在系统梳理英国剧作家约翰·韦伯斯特在文学史上的地位与声誉起伏。开篇第一章探讨了韦伯斯特在十七世纪文学环境里的地位；第二章分析韦伯斯特作品的改编情况，研究不同版本改编对其文学声誉的影响；第三章从书商、学者和选集编纂者的角度，阐述他们在传播、塑造韦伯斯特声誉方面所起的作用；

第四章聚焦查尔斯·兰姆，探讨他与韦伯斯特的关系以及他对韦伯斯特作品的评价和解读；结语部分总结全文，综合阐述韦伯斯特在文学史上的地位；附录部分是关于1708年之前韦伯斯特戏剧的演出情况，为正文提供了更多的背景资料和细节支撑；参考文献列出了论文写作过程中所参考的相关文献资料，方便读者进一步查阅和研究。

这篇论文是研究约翰·韦伯斯特文学地位方面的重要学术成果。先生在论文中运用了严谨的考据方法，对大量原始资料进行梳理、分析和比对，为学术研究提供了扎实的资料基础。这种严谨的治学态度和考据方法为后来的研究者树立了典范，展示了如何使用细致的资料来支撑学术观点。论文展现了先生深厚的学术功底和对英国文学的独到见解，为后来学者研究韦伯斯特以及英国文艺复兴时期文学提供了重要的参考依据。此外，论文也体现了先生一贯的写作风格和文学素养，他将繁琐枯燥的学术考据写得鲜活生动，字里行间满溢着文采与幽默，消解了内容的晦涩感，使学术研究更具可读性。

北京外国语大学王佐良外国文学高等研究院、北京外国语大学外国文学研究所、《外国文学》编辑部决定将此论文译为中文出版，作为对先生的纪念，此举意义深远。首先，它为国内学者打开了解这一重要成果的便捷通道，激发相关学者对这个问题的深入研讨，促进学术思想的碰撞交融，推动国内英国文学研究的发展。其次，中文译本是外语与文学专业学生的优质学习资源，既能助力学生掌握学术研究方法与规范，又能让学生领略先生的学术魅力，激发其对英国文学研究的兴趣，为学术领域储备人才。再次，此翻译工作也是对中国学术文化建设的积极贡献，有助于丰富国内的学术文化资源，营造良好的学术氛围，推动学术的传承和发展。

有鉴于此，在翻译的过程中，每个字词我都反复斟酌，不敢有丝毫懈怠。那些关于英国文学的精妙论述，那些旁征博引的经典文献，都需要我以最严谨的态度去解读、转化。我深知，这不仅仅是一场语言的转换，更是一次对先生学术思想的深度探寻。在翻译的过程中，我留意到原文部分内容与当下的出版规范存在一些差异，但先生的学术成果与写作风格，皆是时代的独特印记，蕴含着不可磨灭的价值。为最大程度保留先生学术思想的本真与原汁原味，我在处理时，选择严格遵循先生当时的写作范式，力求呈现论文最原始且完整的学术风貌。我期望通过我的努力，能让更多人领略到这篇论文蕴含的学术精髓，也算是我对先生表达敬意与感激的一种方式。

在静坐书房、埋头翻译的日子里，我仿佛与先生进行了一场跨越时空的对话。先生的学术思想如春风化雨，再次滋养着我。如今，译稿即将付梓，我仿佛看到众多求知者展卷阅读，受到先生的智慧启迪，感到愉悦并受益。愿这译作成为一座桥梁，连接过去与未来，让先生的学术精神在岁月中永恒流传，绽放出更加绚烂的光彩。

高继海

2024 年 10 月于河南大学